Nikita Afanasjew, geboren 1982 in Tscheljabinsk, Russland, lebt seit 1993 in Deutschland. Zur Finanzierung von Schule und Studium übte er diverse Gelegenheitsjobs aus, etwa als Bauarbeiter, Gerüstbauer und Bierzapfer. Als Reporter schreibt er unter dem Namen Nik Afanasjew für Tagesspiegel, 11 Freunde, Dummy u.a. Für seine journalistische Tätigkeit wurde er ausgezeichnet mit dem Deutschen Reporterpreis 2015 und nominiert für den Axel-Springer- sowie den Henri-Nannen-Preis. *Banküberfall, Berghütte oder ans Ende der Welt* ist sein Debütroman.

Verlag Voland & Quist GmbH, Dresden und Leipzig, 2017

Korrektorat: Annegret Schenkel
Umschlaggestaltung: HawaiiF3
Satz: Fred Uhde
Druck und Bindung: CPI books GmbH, Leck

www.voland-quist.de

NIKITA AFANASJEW
ROMAN
BANKÜBERFALL, BERGHÜTTE ODER ANS ENDE DER WELT
VOLAND & QUIST

1. Kein Zucker

Jakob Ziegler war dreißig Jahre, neun Stunden und siebzehn Minuten alt, als er zum ersten Mal Post von sich selbst bekam. Der vergilbte Briefumschlag war unbeschriftet und so dünn, als wäre er leer. Darin wartete ein unachtsam abgerissener Zettel mit einer Botschaft, die auf eine Visitenkarte gepasst hätte und in ihrer giftigen Konsequenz doch zu groß für diesen Augenblick war.

Jakob warf den Umschlag ungeöffnet auf den Boden und trug seinen Unmut den langen Weg von der Außentür seines Wohnateliers in die Küche. Er war erst durch jenes tobsüchtige Klingeln erwacht, das dem Brief vorausgegangen war. Er brauchte Kaffee.

Pulver ging in Wasser auf. Jakob hustete ausgiebig und suchte mit seinen Augen die Küche ab. Sie war im Verhältnis zum überdimensionierten Atelier winzig. Was nicht heißt, dass es leicht war, etwas darin zu finden. Jakob versteckte den Zucker stets an unterschiedlichen Orten. Es war eine gescheiterte Entwöhnungsstrategie, die aufzugeben er sich nicht traute. Gestern noch hatte er überlegt, das weiße

Zeug ins Klo zu schütten, doch war ihm diese Geste zu kapriziös erschienen; es waren ja nicht George »Blow« Jung und das Koks, sondern nur Jakob und der Zucker.

Die Spüle erstickte in dreckigem Geschirr. Bierflaschen bevölkerten den Tisch. In dessen Mitte stand ein Aschenbecher, um den herum so viele Kippenstummel lagen, als hätte er sich aus Protest gegen seinen Dauerdienst erbrochen. Sieht aus wie nach einer Party, dachte Jakob, nach einer Geburtstagsparty. Dreißig Jahre, eine Wegmarke.

Zunächst hatte er fliehen wollen. An die Ostsee hätte er es sicher geschafft; weit genug, um bei ausgeschaltetem Handy seine Ruhe zu haben. Doch Jakob ertrug die Vorstellung nicht, dass seine Leute eine Überraschungsparty für ihn schmissen, auf der er fehlte und deshalb für eine nach Aufmerksamkeit lechzende Sechzehnjährige gehalten würde.

So hatte er nur auf allen Kanälen um Funkstille gebeten, sich mit Bier, Wodka und seiner Melancholie im Atelier verbarrikadiert. Zumindest so lange, bis seine Freundin Jolanda kurz vor Mitternacht geklopft hatte. Er besaß nie die Kraft, sie abzuweisen.

Jolanda hatte eine Flasche Sekt dabeigehabt und ihre Jolanda-Laune, diese gleichmütige Lebensfreude, die keinen bestimmten Grund hat und eher beruhigend als ansteckend wirkt. Ihre blassblonden

Haare waren zu einem Zopf zusammengebunden, Sommersprossen umspielten ihre Nase. Sie roch nach sommerlichem Nachtwind. Jakob bat Jolanda herein und ignorierte sie. Jolanda hielt es eine Stunde bei ihm aus.

Er hätte sie ganz abweisen oder freudig empfangen müssen. Entweder oder. Den Rest der Nacht hatte Jakob mit seinen Selbstgedrehten zugebracht. Und mit Selbsthass.

Endlich entdeckte er den Zucker.

Das Paket stand auf dem obersten Regal hinter einem nicht beendeten Risiko-Brettspiel. Jakob kletterte auf einen Holzstuhl, hörte das Holz knarzen, hielt inne. Er stellte sich auf die Zehenspitzen und betrachtete seine weißen Truppen in Australien, die erfolglos um die Herrschaft auf dem Kontinent gekämpft hatten und tief im Westen endgültig aufgerieben zu werden drohten. Es musste toll sein, dort in Australien. Jakob griff nach dem Zucker, das Brett wackelte auf der Kante und fiel erst, als er zu Boden gesprungen war.

Nachdem er sich unter die Dusche in seinem Schlafzimmer gezwungen hatte, betrachtete Jakob sein Gesicht im Spiegel. Seine Augenringe erschienen ihm tiefer, seine Nase schiefer als zuvor. Fast wünschte er, irgendwo auf seinem Kopf ein graues Haar zu erkennen. Er wollte sich nicht in Selbstmitleid suhlen und redete sich ein, dass alles gar nicht schlimm war. Was wirklich stimmte. Darin lag ja das Problem. Sein Leben war nicht berauschend, nicht gut, aber eben auch nicht schlimm genug, um Fragen zu stellen, auf die neue Antworten fällig wären.

Jakob erinnerte sich an eine Weisheit seines Onkels Albert, der an sich eher selten mit Weisheiten auffiel. Ein richtig bekackter Morgen hätte ihm zufolge nur wenig mit einer beschissenen Nacht oder einem Kater zu tun. Einen bekackten Morgen würde auszeichnen, seinem Opfer zu vermitteln, von nun an in regelmäßigen Abständen wiederzukommen; will sagen: gar nicht mehr zu gehen.

Zurück in der Küche kippte Jakob zwei Löffel Zucker in den abgekühlten Kaffee. Er wartete. Er kippte einen dritten hinterher. Ex und weg. Jakob erfreute sich an dem Gedanken, dass sein bester Freund Ben diese Risiko-Partie nicht mehr gewinnen würde.

Er wusste immer noch nicht, ob er wütend auf Ben war. An seinem eigenen Geburtstag um kurz nach neun mit Sturmklingeln geweckt zu werden ging gar nicht. Doch Jakob selbst hatte Ben den Auftrag erteilt, ihm diesen Brief zuzustellen, beziehungsweise seinem späteren Ich. Vor sechs Jahren war das … oder war es schon sieben Jahre her?

Ben sollte den Brief jedenfalls zustellen, falls Jakob es mit dreißig nicht geschafft haben würde. Was sie früher unter *geschafft haben* verstanden, konnte Jakob nicht mehr genau sagen. Auf jeden Fall hatte diese Kategorie damals viel mit Geld zu tun. Wie er es heute definieren würde, wusste Jakob ebenfalls nicht. Nur dass Ben richtig geurteilt hatte, da von *geschafft haben* bei ihm keine Rede sein konnte, das sah Jakob ein. Unglaublich, dass Ben den Brief so lange aufbewahrt und ein so betrunkenes Versprechen eingelöst hatte.

Jakob ging zur Tür. Er griff nach dem Umschlag, riss ihn an der Außenkante auf, holte das unachtsam abgerissene Stück Papier heraus. Die einzige darauf geschriebene Zeile erschien ihm heimtückisch und banal, wie eine Erziehung, die sich in seltenen, unnötig harten Schlägen auf den Hinterkopf erschöpft.

Er las die Zeile, las sie so oft, dass sie in Worte zerfiel, die Worte zu Buchstaben, bis nichts mehr einen Sinn zu ergeben schien.

Wenn ich das lese, bleiben mir drei Optionen: Banküberfall, Berghütte oder ans Ende der Welt.

2. Fontäne 9

Die Schlange vor dem Club verstummte. Zigaretten wurden ausgedrückt, Bierflaschen abgestellt, Haare gezähmt: Nur wer sich beherrscht, verdient die Nacht. Jakob war diese Türsteher-Logik zuwider, doch führte an ihr kein Weg vorbei ins Kellerlabyrinth der *Fontäne 9*. Weder für ihn noch für Ben oder Carlo. Vor allem nicht für Carlo.

Ben pfiff eine traurige Melodie, unterbrach sie hin und wieder, um mit einer Asiatin aus der Gruppe vor ihnen zu reden. Sie trug gelbe Hotpants und verlagerte ihr Gewicht von einem Bein aufs andere. Wann immer Ben sie ansprach, reagierte sie mit abwehrenden Handbewegungen, als wäre Ben ein widerspenstiger Hund. So you came here extra for the Fontäne?, fragte Ben laut. Please don't ruin my evening, antwortete sie, ohne ihn anzuschauen. Die Türsteher mit ihrem Urteil waren nur wenige Meter entfernt.

So you guys really came all the way from Bangkok to go to the Fontäne? Ben lachte. Die Asiatin zischte und stampfte energisch auf. Ben, lass mal gut sein, sagte Jakob, und dann fiel Carlo ihm um den Hals und begann zu murmeln: Leg deinen Schatten auf die Lemuren, und auf den Fluren stell die Winde bloß … Carlo, komm klar, fünf Minuten nur, sagte Jakob. Carlo verstummte. Er ließ Jakob los. Er stürzte. Jakob hob ihn auf. Er fragte sich, warum sie diese windstille Sommernacht in einer Warteschlange vergeudeten.

Jakobs Tag war unter der Last der morgendlichen Post kollabiert. Er hatte Anrufe ignoriert, halbherzig aufgeräumt, geraucht, vor allem viel geraucht …

Er hatte auch vom Fenster an seinem Schreibtisch aus beobachtet, wie im Nachbarschaftsgarten Kinder unter Anleitung eines glatzköpfigen Erziehers mit Lehm experimentierten. Jakob hätte alles darauf gewettet, dass der einzige Naturbursche der Glatzkopf selbst war und die Kinder sich mit ungeduldigen Klickfingern zu ihren Spielkonsolen wünschten.

Eigentlich hatte Jakob Jolanda im *Brot & Spiele* besuchen wollen, dem Café, in dem sie arbeitete. Aber er konnte sich nicht dazu überwinden.

Sein Galerist Severin Weiland hatte per WhatsApp gratuliert und gleichzeitig eine *freudige Überraschung* verkündet: Er habe zwei von Jakobs Arbeiten verkauft. Guter Sammler. Privatbesitz. Jakob glaubte ihm kein Wort. Zumindest den *guten Sammler* glaubte er ihm nicht. Trotzdem konnte er eine gewisse Freude nicht unterdrücken. Zwei Bilder. Immerhin.

Seit mindestens einem Jahr war sein Verhältnis zu Severin vergiftet. So lange hatte Jakob nichts Neues abgeliefert. Er ahnte, dass sein Galerist nicht genug für ihn tat. Er wusste, dass Severin ihn für unmotiviert hielt.

Jakobs ihm selbst unangenehme Freude über Severins Nachricht wurde innerhalb weniger Minuten von wohligem Zorn verdrängt. War es mittlerweile eine Überraschung, wenn seine Arbeiten Käufer gefunden hatten? Und was sollte das überhaupt für eine lachsfarbene Formulierung sein: freudige Überraschung? Geburtstagsglückwünsche per WhatsApp waren ohnehin eine Frechheit. Severin glaubte nicht mehr an ihn.

Abends waren unangemeldet Ben und Carlo aufgetaucht. Seit sie zu dritt in einer verqualmten Wohngemeinschaft am Stadtrand gelebt hatten, lösten gegenseitige Besuche in Jakob immer ein Gefühl der Heimkehr aus. Ben und Carlo lebten noch in dem Haus, in dessen Keller sich Bens Tischlerwerkstatt befand. Hinter dem Haus war ein Kanal, schwarz, stinkend, kaum fünf Meter breit und doch fester Bestandteil der lokalen Mythologie. Für eine

Party hatten Jakob und Ben einmal eine Kofferraumladung Sand ans Ufer gekippt. Schön war das. Dieses klotzige, der Umgebung wie ein Stein auf dem Herzen liegende Backsteinhaus aus der Zeit der vorletzten Jahrhundertwende wurde an diesem Abend auf den Namen *Strandhaus* getauft und Ben verkündete, niemals aus diesem Haus ausziehen zu wollen, selbst wenn die Welt unterginge oder die Party aus Berlin weiter ostwärts nach Warschau oder Minsk ziehen sollte. Das hatte Jakob ziemlich beeindruckt.

Ben und Carlo kamen also ins Atelier und klirrten Jakob die Ohren voll. Ben riss Witze über sein famoses Sturmklingeln am Morgen, weiter besprachen sie Jakobs Brief nicht. Auf Jakobs Frage, warum er um so eine unmögliche Uhrzeit schon wach gewesen war, antwortete Ben mit: Noch!, nicht schon, sondern noch wach!

Danach begann jenes Trinkgelage, das sie in zu viele Kneipen und schließlich in die Schlange der *Fontäne* geführt hatte. Endlich ging es vorwärts.

Die Asiatin wurde samt ihrer Hotpants an der Tür ohne Angabe von Gründen abgewiesen. Sie warf Ben einen genervten Blick zu und zog ab. Ben umarmte einen der Türsteher. Beide überragten sie alle Anwesenden um einen Kopf.

Gut, dich zu sehen, Ben, sagte der Türsteher.

Ben zündete sich eine Zigarette an und erklärte, dass er gemeinsam mit König Carlo dem Verwirrten und dem Geburtstagskind Jakob aufmarschiert sei.

Sie hakten Carlo unter und stolperten in einen dunklen Vorraum voller Menschen.

Die Tür zu einem Industrieaufzug öffnete sich. Zwei Mädchen mit pinken Halstüchern saßen drin. Gäste rein, Tür zu. Schwarzlicht. Enge. *Dort unten hört dich keiner schreien!* Gelächter.

Während sie sanken, spielte das eine Halstuch-Mädchen Kontrabass, saß das andere Mädchen neben der Tür und rauchte. Jakob konnte nicht wegsehen. Sie war sicher kaum älter als achtzehn, inhalierte den Rauch tief und mit diesem heiligen Ernst, mit dem sich nur sehr junge Mädchen einer Zigarette widmen können. Erst als sie Jakob mit ihren Schattenaugen ein *Ist was?* zuwarf, ließ er von ihr ab.

Sie waren unten.

Hitze schlug Jakob entgegen. Jemand wollte Eintrittsgeld, Zigaretten, wissen, wo Timbuktu liegt, und dass er verdammt noch mal seinen Freund vom Boden aufhebt. Jakob schloss seine Augen, ließ den Bass wirken, der die Realität im Sekundentakt ein- und ausschaltete. Die Herzfrequenz der Wirklichkeit, dachte Jakob. Er wollte das aufschreiben, aber für Notizen war keine Zeit, wie es nie die Zeit für Notizen war.

Augen auf.

Jakob sprach, zahlte, atmete.

Er zog Carlo vom Boden hoch.

Sie waren drin.

Die *Fontäne* war nicht ein Ort, sie war viele. Zähne knirschten, Brüste schwitzten vorbei. Auf einer Leinwand zerplatzten Seifenblasen. Es war chaotisch, aber ... irgendwie schien Jakob dieses Chaos so strukturiert.

Er ging Stationen ab: Bar, Toilette, Tanzflächen – Jakob schaute niemandem in die Augen, so weit war er noch nicht. Er sah einen Kicker, dessen Spielfiguren Menschen waren, Watte, die auf Schnee machte, er sah eine Ziege aus Pappmaschee. Ein Halbnackter lief herum und verteilte Pillen. Er ließ Jakob aus, der sich ärgerte. Er wollte keine Pillen, aber er hätte gerne eine angeboten bekommen.

Jakob kaufte Mate mit Wodka, lief von einer Theke zur nächsten; er stand wieder am Eingang. Die vielen Räume der *Fontäne* waren in einem großen Ring angeordnet, wie bei diesem Teilchenbeschleuniger in der Schweiz. Die Menschen waren die Teilchen, sie umkreisten einander und prallten irgendwo zusammen. Doch was war in der Mitte? Diese Frage faszinierte Jakob. Er musste betrunkener sein, als er sich eingestand. Hier wie dort suchen sie nach dem Gottesteilchen, dachte er; das Wort *Teilchenbeschleuniger* hatte an einem Ort wie der *Fontäne* in späteren Konversationen sicher allerhand Potenzial.

Jakob streunte umher. In einem der Gänge sah er eine Frau, die mit grobem Pinsel an eine Wand schrieb. Sie streckte ihren dürren Rücken, kam nicht so hoch, wie sie wollte. Jakob bot ihr eine Räuberleiter an, sie lächelte an ihm vorbei und nickte. Es schien Jakob, als wäre ihre Mimik nicht mit ihren Gedanken koordiniert.

Jakob hatte ihren rechten Fuß in seinen Händen. Er blickte nach oben, bekam einen Klacks roter Farbe ins Gesicht. Er rieb seine Stirn gegen ihren Rücken. Ihr an den Schultern gepolsterter Achtziger-Blazer rutschte hoch. Sie blies Locken zur Seite, schaute nach unten, blinzelte, fuhr mit der Kinnlade hin und her. Die Frau wog nichts, jedenfalls kam Jakob das so vor, als sie von seinen Händen absprang. Sie starrten gemeinsam an die Wand.

¡NO PASARÀN!

Jakob verbarg seine geplatzte Illusion hinter einem Lächeln. Er las den Aufruf zum Widerstand erneut, als hoffte er auf einen verborgenen tieferen Sinn. Als er sich umschaute, war die Frau mit ihrem Mund nicht mehr da.

Wo trieben sich Ben und Carlo herum? Was machte er hier, hatte er noch Geburtstag? Jakob kontrollierte sein Handy; keine Anrufe, kein Netz. Er stellte es aus. Das hatte er in den letzten Jahren selten gemacht. Immer erwartete er einen Anruf, meistens von Severin, der ihm verkünden würde, dass der Durchbruch da war, dass Jakob mit sofortiger Wirkung aus der stimmlosen Masse ausgebrochen war, aus dieser lässigen Mittelmäßigkeit. Ja, diese Nummer mit der Hoffnung war schon eine echt fiese Sache.

Für dich, hörte Jakob von der Seite. Die Blazer-Frau hielt ihm ein Bier hin, ein chinesisches Bier mit aufwendigem Drachenlogo und Frucht. Es schmeckte wie schon einmal getrunken. Sie setzten sich an die Wand.

Schreibst du auch?, fragte die Frau. Ich male, antwortete Jakob. Lara, sagte das Mädchen. Jakob nannte seinen Namen. Sie schüttelten sich nicht die Hände.

Lara sagte: Ich hätte schwören können, dass du schreibst. Nachrufe oder so. Dein Gesicht ist so gleichförmig ... so ... Maler sehen anders aus. Die haben große Nasen oder 'nen krassen Bart oder so.

Jakob stellte sein Bier ab und fasste sich ins Gesicht, als könne er Mund und Nase verschieben, seine abstehenden Ohren einklappen, seinen Dreitagebart in die Länge ziehen. Sie war bestimmt auf Nachrufe gekommen, weil er heute ganz in Schwarz unterwegs war. Schwarzes Hemd, schwarze Jeans, schwarze Lederschuhe. Jakobs schwarzer Geburtstag. Wahrscheinlich war das sogar Absicht gewesen.

Lara schaute ihn fragend an.

Jakob schwieg.

Sie sagte: Ist echt schön, sich mit dir zu unterhalten.

Das Echo von brachialem Massenjohlen erreichte den Gang, ein neuer Track drehte sich von den Platten.

Aus der Dunkelheit kam eine Horde bunter Sonnenbrillen angetrabt. Dahinter hinkte Carlo heran. Er hinkte so stark wie immer, aber für Carlos Verhältnisse schwankte er kaum. Er grüßte wortlos. Jakob fragte ihn, ob er Ben gesehen habe, Carlo schwenkte seinen Kopf.

Jakob schwieg.

Ihr seid so was wie eine stumme Bruderschaft, oder?, sagte Lara. Jakob fühlte sich genötigt zu sprechen, aber er wollte nicht.

Carlo nahm sich Laras Pinsel. Er führte ihn dicht vor seine Augen und starrte ihn an.

Wenn er so viel schreibt, wie du sprichst, sitzen wir lange hier, sagte Lara.

Jakob wurde von der absurden Vorstellung übermannt, dass er alles Erdenkliche schon einmal ausgesprochen hatte, jede Konversation geführt und sämtliche Widersprüche geklärt. Warum sollte er sprechen?

Er betrachtete Lara. Ihn überkam das Verlangen, sie zu schlagen oder zu küssen, er wusste nur nicht, was davon.

Dann hatte Carlo endlich gedichtet. Seine Schrift war verworren, die Buchstaben drangen ineinander. Lara las laut.

Sie planten das Ungewisse, tranken planlos die Nächte durch, damit daraus Tage werden konnten und die Nächte bei Tageslicht zu Geschichten

Lara nickte beeindruckt. Carlo durchsuchte seine Manteltaschen, Zettel segelten zu Boden, ein Notizbuch flog hinterher. Jakob nahm es an sich.

Vor Stunden hatte Carlo erklärt, *das Gedicht* geschrieben zu haben. Sein Gedicht. Es wurde immer gefährlich, wenn Carlo dieser Ansicht war, vor allem für ihn selbst. Zum Glück passierte das nicht häufig, aber leider doch viel zu oft.

Carlo bemerkte nicht, wie Jakob das Notizbuch nahm. Er kroch mit dem Rücken zu ihm auf dem Boden herum und wühlte in den Zetteln.

Jakob und Lara saßen noch eine Weile da, Carlo durchsuchte die Taschen seines Mantels. Er wandte sich an Jakob und sagte: Mann, ich habe es doch geschrieben!

Jakob sprang auf und lief zur nächsten Theke, Lara folgte ihm, Carlo auch. Jakob holte zwei Runden Wodka. Zu dritt setzten sie sich in eine Couchecke, wo die Musik kaum zu hören war und ein Typ mit Wollmütze über dem Gesicht schlief. Die Blätter einer künstlichen Fächerpalme griffen nach ihm. Lara schob die Blätter zur Seite, ging nah an den Typen ran, hielt eine Hand vor seinen Mund. Er atmet noch, sagte sie.

Der erste Schnaps brannte. Lara schüttelte sich. Sie sagte: Ich werde demnächst unter richtigen Palmen sitzen. Am Strand, in Rio. Das wird legendär.

Ist das Fotoalbum schon fertig, oder wie?, fragte Jakob. Lara sagte dann nichts mehr.

Irgendwann trug sie orangen Lippenstift auf und drückte ihre Lippen so ausführlich gegeneinander, als würde sie mit sich selbst rummachen.

Jakob fing an zu reden. Er erzählte Lara, wie er einmal versucht hatte, nach Indien zu trampen. Den alten Hippie-Pfad über Afghanistan. In Bulgarien hatte ihm ein Lastwagenfahrer als Gegenleistung für eine Stunde Landstraße seine Tasche samt Reisepass geklaut. Da war die Weltreise zu Ende. Dabei hatte der Typ ihm noch an einer Raststätte Bier spendiert. Aber so kann man sich täuschen, erklärte Jakob verbittert.

Dass der angerückte Dorfpolizist ihm vor lauter Bedauern einen kostenlosen Platz auf seines Schwagers Fähre nach Istanbul angeboten hatte, erzählte Jakob lieber nicht. Dort hätte er einen neuen Pass beantragen und weiterreisen können.

Wieso erzählte er überhaupt davon? Das alles war lange her.

Hier seid ihr! Ben stand vor ihnen, hielt eine Frau an der Hand, deren Gesicht von ihrem Afro verschluckt wurde. Lara pustete Asche vom Tisch, holte ein kleines Tütchen hervor, streute weißes Pulver auf und formte es mit einer EC-Karte zu einer Bergkette. Sie zog. Jakob lehnte ab, Carlo auch, Ben warf sich zwischen Jakob und Lara und zog ebenfalls.

Dann zog Jakob doch.

Bens Begleitung beugte sich kommentarlos von der anderen Seite über den Tisch und räumte mit ihren Haaren Schnapsgläser ab. Jakob zeigte auf Ben und sagte: Das ist Ben.

Lara verteilte neues Pulver auf dem Tisch und fragte Ben, ob ihm schon mal jemand gesagt hätte, dass er wie dieser Sänger von Coldplay ausssehe, dieser … Chris Martin. Ben wäre nur etwas zu groß, aber vom Gesicht her würde das voll hinkommen.

Ach, wirklich?, sagte Ben. Lara schaute Ben lange an und fragte ihn, ob er jemals Palmen gesehen habe. Wo, hier?, sagte Ben. Nein, so in echt, sagte Lara. Ja, habe ich, sind halt Bäume. Oder sind Palmen keine Bäume?, fragte Ben. Seine Begleiterin nickte irritiert; ihre Haare wackelten melodisch.

Ich glaube, man muss alles gesehen haben, sonst weiß man gar nicht, wie alles ist, sagte Lara aufgeregt.

Bist du so eine Backpackerin? Ein Land nach dem anderen, die Liste abarbeiten, oder was?, fragte Ben. Dieses ganze Reisen ist eine Flucht. Deswegen machen es alle, weil es so einfach ist.

Ben legte seinen Arm auf Jakobs Schulter.

Er sagte: Ein Profi ist ein Amateur, der nicht weggelaufen ist.

Jakob betrachtete Bens tailliertes Sakko, das eingerissen und voller Flecken war. In seiner Werkstatt sah Ben stets tadellos aus. Um ihn herum flogen Holzspäne, aber sein schwarzer Blaumann – eine Sonderanfertigung – schien immun. Warum zog er sich zum Ausgehen so schäbig an?

Jakob wollte diesem Abend ein Ende setzen. Er lief zum Tresen und investierte den Inhalt seiner Brieftasche in Schnaps. Es waren mehr als dreißig Euro. Obwohl Jakob unterwegs etliche Pinnchen vom Tablett rutschten, brachte er genug an den Tisch, damit sie die nächste Stufe erreichen konnten. Es war Zeit, ins Bewusstsein zurückzukehren, in eines, das nicht vom Bass geregelt wurde. Doch dafür musste es erst ausradiert werden. Sie tranken, wieder und wieder. Aber es wurde nicht besser. Es ging nicht zu Ende. Es ging nirgendwo hin. Jakob hätte in diesem Moment gerne Palmen gesehen, doch die Südsee war weit weg.

Er lief zur Toilette. Lara wollte hinterher, er machte eine abwehrende Handbewegung und schlängelte sich so schnell an Körpern vorbei, dass sie nicht folgen konnte. Als Jakob sich in einer Kabine eingeschlossen hatte, ging er in die Knie und wollte kotzen. Er zitterte hoffnungsfroh, doch sein Magen gab nichts her.

Jakob kramte Carlos Notizbuch hervor und blätterte es durch. Satzfetzen und verirrte Worte standen dort, die gleichen, die schon immer in Carlos Notizbuch gewartet hatten. Jakob blätterte weiter und schlug eine Seite auf, die mit *DAS GEDICHT* überschrieben war. Darunter folgten viele vollgekritzelte Zeilen. Jakob betrachtete diese Seite minutenlang und dachte an Carlos absurden Traum. Er hatte schon so oft darüber nachgedacht und immer war ihm die Idee, das eine, vollkommene Gedicht zu schreiben und sonst nichts, abwegig vorgekommen. Das endgültige Gedicht gewissermaßen. Carlo wollte die Erleuchtung – wer will sie nicht? Aus irgendeinem Grund kam Jakob diese Idee nun zum ersten Mal nicht schwachsinnig vor. Sie war zum Scheitern verurteilt, sicher, aber Jakob gefiel ihre Wucht.

Die Waschbecken befanden sich in einem schummrigen Nebenraum, in dem statt Spiegeln Bilder hingen, die meisten waren eingerissen. Ein Bild zeigte ein Stillleben, jemand hatte Zigaretten zwischen den von Würmern zerfressenen Äpfeln ausgedrückt. Ein anderes Bild zeigte Aliens, die mit leuchtenden Bierdosen in der Hand die Milchstraße entlangliefen. In einer Ecke des Raumes saßen zwei Typen und kifften.

Ganz rechts in der Dunkelheit hingen zwei Bilder, die ihre Begegnung mit Kippen und Bier noch vor sich hatten. Sie waren grobkörnig, zeigten neblige, verrauchte Landschaften. Auf dem ersten waren Fabrikschlote zu sehen, vielleicht waren es auch Bäume, und wenn Jakob die Augen zusammenkniff, hätte er sogar annehmen können, dass es in die Ferne gehende Menschen waren. Auf dem letzten Bild war eine nackte Frau, die sich in Richtung eines schwarzen Flusses entfernte. Über ihr kreisten Vögel.

Jakob drehte den Wasserhahn zu und trocknete seine Hände an seinem Hemd ab. Dann ging er zu dem Bild mit den Schloten-Bäumen-Menschen, nahm es von der Wand und schlug mit seiner Faust mittendurch. Er riss es in Stücke, erst langsam, dann immer schneller. Er merkte selbst kaum, wie er in Rage geriet.

Mach kaputt, sagte einer der Typen in der Ecke. Die Zerstörung des ersten Bildes kostete Jakob so viel Kraft, dass er das zweite nur von der Wand holte und an die Heizung stellte. Es rutschte von selbst zu Boden.

Jakob irrte durch Halblichter. Er lief zur Tanzfläche. Er wollte sich verlieren. Als der Bass ihn hatte, wollte der Wunsch nicht mehr. Er rempelte einen dicken Typen an, der sich entschuldigte und weiterging.

Jakob dachte an Jolanda und daran, sie anzurufen, besann sich im letzten Augenblick.

Er wollte die anderen finden, wollte nach Hause oder ganz weit weg, wollte Zucker. Es konnte doch nicht sein, dass nicht mehr in ihm steckte. Jetzt gerade. Und überhaupt. Es musste doch Wege geben. Jakob blieb stehen.

Plötzlich tauchte Carlo auf. Er war aufgeregt, für Carlos Verhältnisse. Er hatte etwas entdeckt. Sie liefen zu der Couchecke, wo sie vorher gesessen hatten. Lara war weg. Ben war noch da – in Haaren versunken. Carlo stupste ihn an. Ben löste sich aus dem Mund der Frau unter ihm. Komm mit, sagte Carlo. Jakob verstand nicht, warum, aber Ben stand auf und folgte.

Carlo lief mit ihnen an der Garderobe vorbei, zog einen Vorhang zur Seite. Vor ihnen war eine Metalltür, Carlo öffnete sie, zu dritt betraten sie einen schummrigen Raum. Carlo schloss die Tür. Er griff in eine Kiste dahinter, hatte eine Flasche Whiskey und zwei Bier in seinen Händen. Du verdammter Alki, sagte Ben und drehte sich um. Er wollte weg. Wenn man dem Gang hier folgt, kommt man irgendwann ganz nach oben, in den Turm, sagte Carlo. Ben blieb.

Als sie bei ihrem Aufstieg im Inneren des Turms auf der Höhe der Straße waren, hallten die Geräusche zufallender Autotüren wider.

Weiter.

Mühe kostete Jakob der Aufstieg erst, nachdem er sich umgedreht und in Carlos kaltschweißiges Gesicht geblickt hatte. Dann waren sie oben, auf einem Flachdach über der Stadt.

Endlich oben.

Jakob blickte in den stoisch morgenblauen Himmel. Einfältige Gedanken von der unendlichen Größe des Universums, die er mit der eigenen Unwichtigkeit verglich, schwirrten in seinem Kopf herum wie lästige Fliegen. Die Sonne klopfte an. Sie befanden sich auf einem großen Backsteinturm, sicher der Turm einer ehemaligen Brauerei.

Wo ist König Carlo der Verwirrte?, rief Ben laut. Jakob und er drehten sich um, Carlo lag hinter ihnen an einen Schlot gelehnt mit der Whiskeyflasche zwischen seinen Beinen. Seine geschlossenen Augen waren gen Himmel gerichtet. Ben pfiff die gleiche Melodie wie in der Schlange vor ein paar Stunden. Nun erkannte Jakob das Lied. Es war eines von Bens eigenen, eine der wenigen Balladen seiner früheren Rockband *Phantasire.* Jakob pfiff mit, Ben freute sich, dass sein Lied erkannt worden war, und pfiff lauter. Sie lachten, hörten plötzlich auf.

Sie schwiegen lange.

Ich muss Severin abschießen, das bringt alles nichts mehr. Von meiner letzten Bilderserie habe ich ihm gar nicht erst erzählt, sagte Jakob. Er wartete auf Protest. Doch Ben nickte nur. Jakob sagte: Meine Arbeiten haben Kraft. Severin hat nur keine Ahnung, wie man sie unter die Leute bringt.

Deine Strategie ist für den Arsch, sagte Ben. So ein Galerist kann dich gar nicht verkaufen. Das musst du selbst machen. Die Leute kaufen nicht die Kunst, sie kaufen den Künstler. Bei mir in der Werkstatt kaufen sie auch keinen Tisch. Sie kaufen den Tischler Ben. Oder den Musiker Ben. Oder den Typen, der so aussieht wie Chris Martin. Sie kommen rein, labern einen zu, die ganzen Alten haben ja nichts zu tun. Also nicht nur die Alten meine ich … die Jungen sind heute ja auch alt. Alle wollen sie wertgeschätzt werden. So gebauchpinselt.

Ben zog sein Jackett aus und warf es auf den Boden. Er setzte sich zu Carlo, nahm den Whiskey. Er trank und sagte: Hast du eine Ahnung, wie viele Typen da draußen Bilder malen? Bilder sind emotionale Wichsvorlagen. Und bei dir kriegt keiner einen hoch, weil du nicht da bist. Weil du keine Geschichten lieferst.

Jakob schwankte.

Ben fing ihn auf.

Gemeinsam vernichteten sie den Whiskey.

Sie schwiegen eine Weile.

Jakob torkelte zur Dachkante und und lehnte sich über das Geländer. Die aufblitzende Sonne malte den roten Backstein golden.

Er hätte gerne einen Fotoapparat gehabt, aber es war keiner zur Hand, wie nie einer zur Hand war, wenn Bilder entstanden.

Als Jakob sich nach einigen Minuten umdrehte, lag Ben auf dem Boden und starrte in die Luft. Jakob beugte sich über ihn, sagte: Welche Geschichten, he? Was habe ich zu erzählen? Glücklich aufgewachsen in hier und da, gereist an die Ostsee und nach Frankreich, studiert in Düsseldorf, einmal Ärger mit der Polizei wegen interessiert keinen. Was soll ich denn erzählen?

Ben richtete sich auf. Vielleicht musst du dich … verrückt anziehen, so mit Pelzmantel und Piratenhut.

Jakob schrie: Ich soll also wie eine Transe rumlaufen? Er schleuderte seine Bierflasche auf den Teerboden. Sie zerplatzte. Die Scherben spiegelten das bleiche, aufkommende Licht. Jakob sagte: Severin hat Arbeiten von mir an die *Fontäne* verkauft. Bestimmt hat der Besitzer ihm einen Gefallen geschuldet. Die haben sie ins Klo gehängt. Ins verschissene Klo.

Ben lachte, lachte und hustete. Jakob sagte: Ist also witzig, ja? Den Brief hast du auch eingeworfen, weil es witzig war?

Ben sagte: Jetzt komm mal runter. Das war ein Wisch, den du mir vor Lichtjahren gegeben hast. Ich weiß gar nicht mehr, was da stand. Irgendwas von Banküberfall und Weltreise, oder?

Ben wartete ab, doch Jakob schwieg. Ben sagte: Ich dachte, das wäre stark, wenn ich dir das Ding wirklich zustelle.

Dann schwiegen sie ziemlich lange, bis Jakob sagte: Vielleicht brauche ich ein Pseudonym?

Pseudonym?, sagte Ben. Du bist kein französischer Schriftsteller der Jahrhundertwende … ich meine … du musst schon mehr tun, als dir ein Pseudonym zuzulegen. Da muss eine ganze Geschichte dran oder eine ganze Person. Der neue Superkünstler muss es sein, und dem schiebst du deine Bilder unter, damit sie unter seinem Namen verkauft werden.

Ja!, brüllte Jakob und erschrak über seine eigene Lautstärke.

Du bist doch völlig besoffen, sagte Ben.

Jakob schaute Ben fragend an.

Ben sagte: Du hast dich doch damals in Düsseldorf durch den Musil gequält, oder? Habe ich allerdings, sagte Jakob. *Der Mann ohne Eigenschaften* … Eben, sagte Ben, du brauchst das genaue Gegenteil.

Jakob sprang auf. Ja, sagte er, *der Mann mit allen Eigenschaften.* Also allen positiven Eigenschaften. Ich meine mit allen Vorzügen. Du weißt schon, was ich meine, oder? So einer, der Geschichten erzählt, selbst wenn er nicht da ist, einer, der …

Ben unterbrach ihn, er zeigte nach Osten: Einer, der aufhört, herumzubrüllen, und hinguckt. Was für ein geiles Licht!

Jakob wollte sich setzen, aber sein Körper ließ ihn nicht. Er war konzentriert, derangiert, überwältigt.

Er nahm all seine Kraft zusammen und ließ sich fallen.

Dann hockten Ben und Jakob nebeneinander, Sonnenbrillen im Gesicht. Sie hockten da und beobachteten, wie selbstverständlich die Morgensonne nach oben kletterte.

3. Der gelbe Bach

13:17 Uhr.

Nachtfragmente huschten durch Jakobs Gedanken: kopflose Mannequins, golden glänzender Backstein, die künstliche Palme, das rauchende Halstuch-Mädchen im Aufzug. Lara. Seine beiden Bilder. Ins Klo, dachte er noch. Ins verschissene Klo.

Jakob träumte. Er wunderte sich im Traum darüber, dass er träumte.

Er sitzt mit seiner roten Mütze in einem Vorortzug. Sie sind dieser grauhaarigen Schreckschraube Frau Greiwinkel entwischt, zwei Waggons weiter gerannt.

Jakob betrachtet seine neuen weißen Nike-Turnschuhe. Er springt auf, um sie besser sehen zu können. Die Jungs aus seiner Klasse kommen, um ihm auf die Füße zu treten und so die Schuhe einzuweihen. Jakob tut so, als würde er sich darüber ärgern. Alle Jungs machen mit, nur Hamdi nicht. Er traut sich nicht, weil er neu in der Klasse ist. Hamdi ist aus dem Irak, und das ist nicht in Europa. Hamdi guckt ängstlich, der dicke Walter erschreckt ihn ständig mit einem lauten *Buh!*, aber Hamdi guckt sowieso immer verschreckt und sein Gesichtsausdruck ändert sich gar nicht, wenn der dicke Walter das macht. Hamdi ist eines von diesen Kindern, denen Jakobs Mutter hilft. Sie sammelt Geld, damit diese Kinder überall auf der Welt etwas zu essen haben. Sie sagt, dass Jakob besonders nett sein muss, wenn jemand wie Hamdi zu ihnen kommt. Hamdi hat total viele Länder gesehen, als er mit seinem Vater vom Irak nach Deutschland geflüchtet ist. Jakobs Vater schafft nicht einmal den Umzug *in eine vernünftige Stadt*, obwohl seine Mutter das seit Jahren von seinem Vater fordert. Doch Papa kann nicht, Papa ist krank. Der Papa von Hamdi ist nicht krank. Hamdi sagt dazu gar nichts, er mag nie etwas erzählen. Jakob will unbedingt so eine Reise machen wie Hamdi, aber er soll Mitleid haben mit ihm. Das ist so ungerecht.

Plötzlich stürmen glatzköpfige Männer den Waggon. Sie kommen direkt auf sie zu. Die Glatzen brüllen: Kleiner Drecksinder, verpiss dich von hier! Hamdi sagt gar nichts. Dann gibt ihm einer der Glatzentypen, der Dicke, eine Backpfeife.

Die Mädchen schreien, Hamdi nicht.

Er steht auf, warum steht er auf? Er reicht der Glatze nur bis zum Bauch, geht näher ran und steht da. Jakob hört sich *Weg da!* sagen, um dann zu merken, dass er geschwiegen hat. Die Glatze holt aus, lacht aber nur, sie gehen weiter, alle Glatzen gehen, alle anderen sitzen, nur Hamdi steht da, seine Wange ist rot, aus seiner Nase läuft Rotze. Rebecca reicht ihm ein Taschentuch. Die Rebecca. Jakob will hingehen, aber er bleibt sitzen. Frau Greiwinkel kommt in den Waggon, aber alle schauen auf Hamdi. Dann hält der Zug, sie steigen aus, niemand bemerkt, dass Jakob dringeblieben ist. Sein Herz klopft, er …

Jakob? Jakob?! Jolandas Stimme erklang aus der Ferne. Sie schüttelte ihn, er gab kehlige Geräusche von sich.

Jakob hoffte, Jolandas Anwesenheit nur zu träumen. Ein Feuerzeug klackte, Rauch stieg in seine Nase. Er richtete sich auf, fühlte eine stützende Hand, setzte sich, öffnete seine Augen. Oh, Scheiße, sagte er.

Na Scheiße sehe ich hier immerhin keine, sagte Jolanda.

Jakob schaute in ihr Gesicht, das er sich so sehr besorgt gewünscht hätte. Von seiner Hose lief ein gelbes Rinnsal zur Ateliermitte.

Muss eine gute Party gewesen sein, sagte Jolanda. Sie ging in die Küche, füllte ein Glas mit Wasser und brachte es Jakob.

Er sagte: Du hast eine neue Frisur.

Nein, habe ich nicht, sagte Jolanda.

Jakob trank, verschluckte sich. Jolanda suchte nach einem Aschenbecher, lief im lang gestreckten Atelier hin und her, öffnete ein Fenster und warf ihre halb gerauchte Zigarette ins Freie. Sie sagte: Ich frag dich lieber nicht, was alles so war.

Jakob robbte einige Meter, stand auf und schwankte in sein Zimmer, wo er sich auszog und in die mit einem durchsichtigen Vorhang abgetrennte Duschzelle stellte. Er fühlte sich an den letzten Morgen erinnert, auch wenn er da längst nicht so erschlagen war. Der Spruch seines Onkels mit dem beschissenen Morgen, der sich durch permanente Anwesenheit auszeichnet, kam ihm in den Sinn. Wieder Kater, wieder verkaterte Gedanken an vergangene Kater, irgendwann später am Tag die Planung von Aktivitäten, die nächste Kater hervorbringen. Déjà-vu, Wiederholung, die Kopie einer Kopie einer Kopie.

Als Jakob die Küche betrat, saßen Jolanda und Ben beim Frühstück. Die beiden füllten die Küche aus, und egal, wie winzig sie sein mochte, sie war Jakob noch nie so eng vorgekommen. Er fühlte sich wie ein ungebetener Gast bei einem bis dahin echt netten Date. Jakob konnte sich für keinen der zwei freien Stühle entscheiden und blieb stehen.

Ben schmierte einen dicken Strich Butter auf sein Croissant. Ich wollte Joli gerade von unserer Idee erzählen.

Panik stieg in Jakob auf, die er sich nicht erklären konnte. Er schwitzte. Der Mann mit allen Eigenschaften, der Geschichten erzählt, ohne anwesend zu sein. Die Idee der vergangenen Nacht, die Totalveränderung, der Ausbruch … er konnte das alles nicht einmal gedanklich in Worte fassen. Schon gar nicht konnte er es teilen. Erst recht nicht mit Jolanda.

Wir müssen alle in die Südsee, stieß Jakob plötzlich hervor. Ben lachte. Du bist echt hinüber, was?

Jolandas Augen weiteten sich. Das war eure große Idee?

Große Reise, murmelte Jakob. Das Sprechen strengte ihn an.

Nein, Alter, ich meine …, setzte Ben an. Und ich meine eine große Reise, sagte Jakob mit einer so gereizten Bestimmtheit, dass Ben ihm einen fragenden Blick zuwarf und schwieg.

Ich sehe schon, ihr habt Pläne, sagte Jolanda. Jakob setzte sich nun doch.

Das Schweigen am Tisch wurde so lange lauter, bis Jolanda aufstand. Dann ging sie aus dem Raum, wie Jakob es noch nie gesehen hatte.

Schweigend saßen Ben und Jakob nebeneinander, tranken Kaffee, ließen Zeit entweichen.

Ben, ich will das wirklich machen. Diesen Mann mit allen Eigenschaften, sagte Jakob irgendwann.

Ben sagte nichts. Es herrschte wieder Stille. Bis Jakob es nicht mehr aushielt und sagte: Ben, erzähl keinem davon. Also niemandem. Nur wenn es geheim ist, kann es funktionieren. Ben antwortete: Yes, Sir.

Sie saßen noch eine ganze Weile da. Ben auf der einen Tischseite, Jakob auf der anderen. Ein innerer Drang wuchs in ihm, der Drang, sofort mit der Erschaffung von diesem Mann mit allen Eigenschaften loszulegen, am besten schon lange losgelegt gehabt zu haben.

Ben stand schon in der Tür, als er den Brief entdeckte und laut vortrug.

Wenn ich das lese, bleiben mir drei Optionen: Banküberfall, Berghütte oder ans Ende der Welt.

Ben schüttelte den Kopf. Ich hätte das Ding wegwerfen sollen.

Jakob kam die viel zu vielen Schritte aus der Küche angelaufen und nahm Ben den Brief aus der Hand.

Bleib locker, sagte Ben, bevor er ging. Dreißig ist auch nur eine Zahl.

4. Ein Kinn mit Mann dran

Nachdem der erste Ärger verraucht war, ging es Jakob besser. Er räumte sein Atelier nicht nur auf, er wischte sogar die Dielen.

Die Küche glänzte nach einer Stunde mit dem Lappen in der Hand so sehr, dass Jakob einen Teil des Leerguts wieder auspackte und in die Ecke stellte. Zu viel Reinheit durfte auch nicht sein. Er wollte sogar das Risiko-Spiel aus dem Gedächtnis wieder aufbauen, doch erinnerte er sich nur an die Positionen seiner eigenen Truppen.

Als es nichts mehr aufzuräumen, zu überlegen und neu zu bewerten gab, schaltete Jakob seinen Laptop ein und legte eine Textdatei an: *Der_Mann_mit_allen_Eigenschaften.doc*.

Er überlegte kurz, den Dateinamen in *Der_Mann_mit_allen_Vorzügen* zu ändern, denn einen solchen Typen meinte er ja. Aber Jakob ließ es. Der Mann mit allen Eigenschaften klang einfach besser. Das zählte.

Obwohl seine Finger nicht gehorchen wollten, tippte Jakob. Er tippte so etwas wie einen Steckbrief:

Revolutionen in Afrika, Verhaftungen in Nordkorea, gerettete Kinder im Kongo, Aktionskunst an der Klagemauer, berühmte Schauspielerinnen – es gab nichts, das der Mann mit allen Eigenschaften nicht gesehen, gemacht oder erobert hätte.

Jakob ging zu einer Personenbeschreibung über, ganz spontan, so spontan, wie es nur noch immer Betrunkene sein können. Er sprang im Text hin und her. Erst war der Namenlose einen Meter achtzig groß, dann wuchs er noch um zehn Zentimeter. Er hatte schwarze, nein, eher dunkelblonde Haare. Große Hände, sehnige Unterarme voller Tattoos, manche aus dem Knast und andere, die von einem tibetanischen Guru gemacht worden waren, der sich vorgenommen hatte, nie wieder zu praktizieren. Ja, so war das. Der Blick war wichtig: Der Unbekannte hatte stahlblaue Augen, Seemanns-Augen, die nur haben konnte, wer ein Leben lang ins ewige Meer gestarrt hatte. Aber natürlich würde er diese Augen so häufig es ging hinter einer Sonnenbrille verstecken, das verstand sich von selbst.

Jakob riss sich vom Computer los, griff nach einem Stück Papier und einem Grafitstift. Er zeichnete mit groben Strichen einen Mann, dessen kantiges Kinn verriet, dass er nicht nachgab, niemals nachgab. Damit das Kinn nicht gefühlt das halbe Bild einnahm, gönnte Jakob seiner Erfindung noch einen Bart.

Der Mann trug einen Mantel, der im imaginären Wind flatterte. An seinen Füßen: Lederstiefel mit rostigen Sporen. Jakob druckte den Steckbrief aus und legte ihn neben die Zeichnung. Nun brauchte er noch einen Namen.

Jakob verzettelte sich in seinem Ideengewirr. Erst wollte er den Vornamen eines modernen Actionhelden mit dem Nachnamen eines Philosophen kreuzen. Kopf und Kraft. Kraft und Kopf.

Hulk Hogan und Ludwig Wittgenstein ergibt Hulk Wittgenstein.

Chuck Sartre.

Sylvester Adorno.

Die Initialen S. A. gingen natürlich gar nicht. Überhaupt sollte der Mann mit allen Eigenschaften Jakobs Initialen tragen. J. Z. Ja. Actionhelden und Philosophen braucht doch kein Mensch.

In seinem Kopf ging Jakob die verschiedenen männlichen Vornamen mit J durch. Natürlich konnte es nicht Jonas werden oder Julian. Diese Namen hatten etwas, aber auf einer eher feinstofflichen Ebene. Jakob aber brauchte die Urgewalt.

Johann.

Ja.

Johann konnte ein germanischer Kriegsfürst sein. Und gleichzeitig hießen Bach und Goethe so. Irgendwie schien es Jakob sogar, dass Johann zu seiner ursprünglichen Idee passte, einen Kopf- und einen Kraftmenschen miteinander zu kreuzen – nur eben in einem einzigen Vornamen.

Jakob freute sich. Mit jedem Augenblick weniger. Denn ein Nachname, der zu Johann passte, wollte ihm nicht einfallen. Es musste ein ungewöhnlicher Nachname sein, denn war Johann nicht am Ende nur ein normaler deutscher Name? Je länger Jakob kein Nachname einfiel, desto weniger gefiel ihm auch Johann. Und überhaupt verschwendete er zu viel wertvolle Zeit, und … Zeit. Johann Zeit. Ging das?

Johann Zeit.

Ja, das ging.

Das musste gehen.

Den Namen konnte Jakob später immer noch ändern, aber mit Johann Zeit ließ sich erst einmal arbeiten.

Die Profile in den sozialen Netzwerken waren schnell erstellt, nur ein Foto fehlte. Natürlich konnte Jakob das gezeichnete Bild digitalisieren, doch das widerstrebte ihm aus einem Grund, den er sich nicht erklären konnte. Er klickte sich durch die verschiedenen Profile von Johann Zeit: null Freunde, keine Einträge vorhanden. Wie sollte es anders sein? Hobbys einzutragen erschien Jakob unangebracht. Ein Johann Zeit würde so etwas nicht tun, wenn sogar Jakob diese Inszenierungen zuwider waren. Johann

Zeit war ein weltreisender Tausendsassa, ein Macher, war das Gegenteil dieser Profilneurotiker, die behaupteten, mit allen Wassern gewaschen zu sein, ohne dass sie sich jemals nass gemacht hatten.

Jakob fügte sich selbst als Freund ein und starrte lange abwechselnd auf den Bildschirm, die Zeichnung und den Steckbrief. Ein Gefühl von Ohnmacht überfiel ihn. Wie hatte er sich das vorgestellt? Was sollte er tun, damit die Welt von seiner Erfindung Notiz nahm? Je länger Jakob verharrte, desto weniger fiel ihm ein. Hinter seinen Schläfen pochte es. Ihm kam der unerbittliche Gedanke, dass Johann Zeit eine Kopfgeburt war. Eine dieser betrunkenen Ideen, die nur so lange brillant scheinen, wie schwerelose Füße sie durch die Nacht tragen.

5. Endlich dagegen

Jolanda mochte ihre Arbeit im Café, auch wenn es ihr niemand glaubte. Ihre Kollegen im *Brot & Spiele* wollten mit diesem Job nur über die Runden kommen, bis sie Besseres gefunden hatten. Sie wollten irgendwann von etwas anderem leben: vom Schreiben, Tanzen, Singen oder dem Entwerfen grenzwertiger T-Shirt-Logos. Dabei sah Jolanda, dass die meisten ihrer angeblichen Bestimmung weniger Zeit widmeten als dem Aperol Spritz nach Dienstschluss. Was ihre eigene Bestimmung war, wusste sie beim besten Willen nicht. Aber sie hatte einen Leitsatz, an den sie sich immer hielt. Ja, vielleicht war es ihre Bestimmung, diesen Leitsatz zu leben: Lass dich nie zu etwas zwingen.

Obwohl die Spülmaschine wieder kaputt war und das Geschirr per Hand gesäubert werden musste, mochte Jolanda ihre Arbeit sogar an diesem Tag. Ein hartnäckiger Bodensatz hatte sich in einer der italienischen Espressotassen festgebissen, die von den Gästen geklaut werden würden, wenn sie nur wüssten, wie absurd teuer sie waren. Jolanda traute sich nicht, die Stahlwolle auch nur in die Nähe des Porzellans zu bringen. Sie war in der Küche für sich, kaum jemand bestellte an diesem heißen Nachmittag Kaffee oder warmes Essen. Flaschenbier und die berühmten *Brot & Spiele*-Sensations-Schnittchen lagerten vorne an der Theke, wo Jolandas beste Freundin Lissy Dienst schob. Es war schön, mit ihr zu arbeiten. Das kam selten vor, seit Lissy ein Kind bekommen hatte und nur auftauchte, wenn ihre Nachbarin auf das Kind aufpasste. Allein ihre Anwesenheit vermittelte Jolanda schon ein heimeliges Gefühl. Lissy und Jolanda – das ging. Zumindest solange Mark keinen Dienst hatte. Der scharfe Mark, der melancholische Kiffer, der dumme Junge mit den viel zu hübschen Augen. Jolanda war es nicht gelungen, es Lissy gleichzutun und unkompliziert mit Mark herumzuvögeln – was nicht weiter verwunderte, weil es ihr mit anderen Männern auch nie gelang. Lissy dagegen war eine *Handgranate im Anflug*, wie Ben mal formuliert hatte. Jolanda fragte sich oft, warum das mit Ben und Lissy so schnell in die Brüche gegangen war.

Nach dem Besuch bei Jakob war Jolanda noch vor ihrem Schichtbeginn im Café an die Universität gefahren und hatte ihre Anmeldungen für die Kurse des kommenden Semesters revidiert. Sie würde eine Pause machen, ein halbes Jahr. Sie würde nachdenken.

Obwohl sie Erleichterung erwartete, bemerkte Jolanda schon in der S-Bahn zurück in die Stadt, dass sie sich unter Druck gesetzt fühlte. Wenn sie sechs Monate freinahm, musste dabei ein Ergebnis herausspringen. Sie wusste, dass die Menschen um sie herum das erwarten würden, dass vor allem ihr Vater versuchen würde, sie zu einem wie auch immer gearteten Resultat zu zwingen. Er gehörte zu den Menschen, die ein schlechtes Ergebnis für besser halten als gar keins.

Endlich hatte Jolanda die Tasse sauber bekommen.

Es war einfach zu viel zusammengekommen in letzter Zeit. Jolanda hatte sich eine Liste mit drei Punkten zurechtgelegt, über die sie Klarheit brauchte – am besten sofort und nicht erst in einem halben Jahr. Doch in Sachen sofort war Jolanda beachtlich untalentiert.

Zuerst war da ihre Beziehung zu Jakob, falls diese noch so genannt werden konnte. Dass er sie an seinem Geburtstag ignoriert hatte und mit den Jungs saufen gegangen war, konnte sie ihm durchgehen lassen. Aber dieser Morgen danach, diese Schlucht, die sie zwischen sich und dem Kater-Ich Jakobs gespürt hatte, sein bescheuerter Spruch mit ihrer neuen Frisur, die gar nicht neu war … Jolanda kam auch ihre Beschwichtigung in den Sinn: dass sie Jakob gesagt hatte, sie würde lieber nicht fragen, was alles so vorgefallen war. Sie hatte nur deshalb nicht gefragt, weil sie nicht enttäuscht werden wollte. Entweder davon, was die Jungs angestellt hatten, oder davon, auf diese Frage hin angelogen zu werden. *Ach, hör doch endlich auf dich zu belügen.* Jakob beteiligte sie nicht mehr an seinem Leben. Schon so lange nicht, dass sie nicht mehr wusste, ob sie überhaupt noch beteiligt werden wollte.

Das zweite Problem war ihr Vater, der sie ein Leben lang vor sich hergetrieben hatte und dabei stets der Meinung war, ihr mehr Freiheiten zu lassen als überhaupt möglich.

Das dritte Problem hing mit dem zweiten zusammen. Jolanda war sechsundzwanzig, studierte Kunstgeschichte, schenkte Kaffee aus und hatte keine Ahnung, was sie wollte.

Die Tür flog auf. Lissy kam herein. Immer diese Spastis mit ihrem Mensch ärgere dich nicht mit Jäger! Sie stellte den Kragen ihres blauen Hemdes hoch, kratzte sich im Schritt und sprang o-beinig herum wie ein Gorilla. Ihre Dreads flogen wild umher. Jolanda lachte. Lissy griff in die Ablage hinter der Tür, nahm einen halb gerauchten Joint und zündete ihn an. Nach einigen Zügen hielt sie Jolanda den Joint hin und sagte: Wir werfen das Spiel weg. Was nicht da ist, kann keinen Schaden anrichten.

Jolanda trocknete ihre Hände ab und zog am Joint. Ganz vorsichtig. Lissy drehte immer solche Lunten, als wäre jede die letzte.

Hast du etwa noch mal abgewaschen?, fragte Lissy.

Ja, da war einiges noch dreckig, sagte Jolanda.

Lissy betrachtete prüfend den Geschirrberg. Du meinst, nachdem Marie abgewaschen hat?

Ja, sagte Jolanda.

Und warum ist alles genau so angeordnet wie vorher?

Jolanda zog am Joint, hustete, sagte: Es wäre doch blöd, wenn Marie nachher zur Spätschicht ... also, sie soll ja nicht sehen, dass ich das noch mal gespült habe. Wo sie heute ja zwei Schichten schiebt ...

Lissy nahm Jolanda den Joint weg, steckte ihn sich in den Mund und fasste sie mit beiden Händen an den Schultern. Betont langsam sagte sie: Du hast das ganze Zeug aus der Frühschicht noch mal gespült und dann so hingestellt, dass Marie nicht sieht, dass sie scheiße gearbeitet hat, damit sie sich nicht schlecht vorkommt?

Jolanda nickte.

Lissy schloss ihre Augen, öffnete sie wieder, sagte: Joli, das ist aus so vielen Gründen falsch, dass ich gar nicht weiß, wo ich anfangen soll.

Jolanda löste sich von Lissy, ging zum Metalltisch in der Küchenmitte, schob ein paar Tüten mit eingepacktem Serrano-Schinken und Einkaufsbelege beiseite und setzte sich.

Joli, was ist los?, fragte Lissy.

Jolanda griff in ihren Kapuzenpulli, holte Tabak heraus und fertigte eine von ihren ebenmäßigen Selbstgedrehten. Ach, irgendwie ist alles blöd gerade. Ich … ich habe heute meine Kurse für das nächste Semester abgesagt.

Lissy lächelte aufmunternd. Aber das ist doch gut. Das wolltest du doch die ganze Zeit machen.

Jolanda zündete ihre Zigarette an, eine schmale Rauchsäule stieg auf und kreuzte die des Joints, zusammen zogen sie zur Decke hinauf.

Jolanda sagte: Nichts ist gut, abends muss ich zu Papa, der veranstaltet wieder so eine kulinarische Weltreise. Heute ist Südamerika dran, da gibt's bestimmt eklige Schnecken mit blöden Witzen über Indios. Und mein Bruder ist da. Stell dir vor, wir sprechen wochenlang nicht miteinander und letztens fragt er mich in so einem Vorgesetztenton, wie ich das alles schaffe: *keine* Karriere und *keine* Kinder unter einen Hut zu bekommen.

Lissy lachte, Jolanda schaute sie böse an.

Lissy sagte: Mach dir nichts draus. Dass dein Bruder der totale Soziopath ist, ist ja jetzt nichts Neues.

Jolanda sagte: Ich bin sechsundzwanzig. Was kann ich dafür, wenn er schon in der Grundschule Verwaltungsfachangestellter werden wollte?

Lissy steckte den Joint in ihren Mund und warf ihre Hände in die Luft. Wann werden diese Arschlöcher bitte begreifen, dass nicht jede Frau so eine Geburtsmaschine sein muss oder so eine Bitterfotze im Hosenanzug, die sich jeden Abend in den Schlaf weint? Das ist doch kacke alles!

Jolanda sagte: Weißt du, wie oft ich versucht habe, das meinem Bruder zu erklären? Wie oft? Der hat mich, vergangenes Neujahr war das, wie hat er mich genannt ... Petra Pan. So als würde ich auf ewig so ein Kindskopf bleiben. Ich kann manchmal gar nicht fassen, dass so eine Type mein Bruder ist.

Lissy rauchte und sagte nichts. Das kam so selten vor, dass Jolanda sich ermutigt fühlte zu reden.

Da ist irgendwas in der Luft. Das betrifft alle Männer, die sind noch ... ich weiß es auch nicht, noch seltsamer als sonst. Also vorhin ... das ist fast zu peinlich, um das zu erzählen. Egal. Ich komme ins Atelier, Jakob liegt auf dem Boden und hat da einfach hingepinkelt. Durch die Hose ...

Lissy machte Ekelgeräusche.

Ja, oder?, sagte Jolanda.

Na, die haben bestimmt ordentlich gebechert auf seinen Geburtstag.

Haben sie auch. Aber Ben war der Sonnenschein selbst.

Das hast du hoffentlich nicht so gesagt.

Jolanda antwortete: Gar nichts habe ich gesagt. Es ist …

Plötzlich stieg neben ihr eine Flamme auf.

Lissy stürzte herbei, warf ein Handtuch auf die brennenden Kassenzettel. Jolanda sprang vom Tisch, einer der Zettel flog – vom Handtuch aufgewirbelt – auf ihre Schürze, ging zu Boden, sie trat drauf. Lissy griff nach einer geöffneten Weinflasche und kippte den Burgunder aufs Feuer. Es ging aus.

Beide schauten auf den selbstgedrehten Übeltäter. Sie lachten, leise erst, dann laut, bis Lissy neben dem Weinfleck auf dem Boden lag und Jolanda der Bauch schmerzte. Als sie ausgelacht hatten, umarmten sie sich lange. Das tat gut. Bevor Lissy wieder hinter die Theke ging, sagte sie mit einem Zwinkern: Nicht dass der Besitzer noch sauer wird, weil du Kassenzettel verbrannt hast. Die Tür fiel zu, Jolanda blieb zurück und nichts war gut. Warum hatte Lissy das sagen müssen?

Der Besitzer des *Brot & Spiele*, Jolanda konnte es immer noch nicht fassen, war ihr Vater Heinrich. Er hatte es nie ertragen, dass sie in einem Café arbeitete, freiwillig sozusagen, da er doch bereit war, sie finanziell zu unterstützen. Heinrich hatte hinter Jolandas

Job einen Angriff auf sich gesehen, einen perfiden Plan. Sie wollte für zehn Euro die Stunde Menschen *bedienen*, ein Wort, das Heinrich aussprach, als hätte es Lepra.

Nach unzähligen Diskussionen, bei denen Jolanda immer laut werden wollte, weil die Tafel in Heinrichs Anwesen so lang war, überraschte er sie mit einer für ihn nur zu logischen Aktion: Er kaufte das Café. Seine Forderung war, dass sie zumindest als Geschäftsführerin fungierte. Wobei Heinrich sogar noch vorschob, dass ihre lange verstorbene Mutter bestimmt dagegen gewesen wäre, dass sie *Kaffee hin und her trägt*. Jolanda weigerte sich, Heinrich drohte, sie zu feuern, sie kündigte an, sich die gleiche Stelle woanders zu suchen. Trotz seines Vermögens konnte Heinrich unmöglich alle Cafés der Stadt aufkaufen.

Der Konflikt war noch nicht gelöst. Als vorübergehende Geschäftsführerin wurde auf Jolandas Wunsch Marie eingesetzt, auch wenn sie damit genauso überfordert war wie mit einem einfachen Spüldienst. Sie brauchte schlichtweg das Geld. Weshalb Marie weiterhin ihre normalen Dienste schob und nebenher den Laden leitete. Seither war die Buchhaltung eine Fabel und der Dienstplan so übersichtlich wie die Aktienseite einer Tageszeitung, doch das *Brot & Spiele* war beliebt und lief trotzdem. Es lag in einem Szenebezirk, der schon einer gewesen war, bevor es dieses Wort gab. Eine weitläufige Grünfläche erstreckte sich zwischen dem Café und dem nahen Landwehrkanal. Wie viele Touristen dort immer herumlungerten …

Das Chaos war beseitigt, der Schinken im Kühlschrank, Jolanda hätte nach vorne zu Lissy gehen können. Sie blieb in der Küche. Jolanda mochte ihre Arbeit im Café, sie mochte sie wirklich.

Über ihren Vater und das anstehende Abendessen wollte sie nicht nachdenken. Ihr war klar, dass viele noch mehr Pech mit ihren Vätern hatten als sie. Entweder mehr oder anders gelagertes Pech. Weit musste sie nicht blicken, Jakob war so ein Fall. Die Erinnerung an den einzigen Besuch, den sie bei seinem Vater vor dessen Tod gemacht hatten, kam wieder hoch.

Er war schon sehr krank gewesen damals, drei Jahre musste das her sein. Sein Zimmer roch nach Altersheim und Zitrus-Reinigungsmittel. Die Fenster waren mit schweren Vorhängen abgedunkelt, obwohl es ein sonniger Tag war. Jakobs Vater sprach mit belegter Stimme, er scherzte, dass dieses Zimmer wie ein Schacht sei. Jolanda hatte zuerst nicht verstanden – ein Kohleschacht, hatte er erläutert. Er sei die letzte Staublunge des Ruhrgebiets, sagte er und Jolanda merkte, dass dieser Satz die Familie über viele Jahre geschafft hatte. Jakobs Mutter drehte sich entnervt weg, obwohl Jolanda sie vorher für einen Menschen gehalten hatte, den zu entnerven unmöglich war. Jakob setzte ein falsches Lächeln auf, ein gereiztes, unglückliches Lächeln. Sie sah förmlich, wie er versuchte, seinem Vater dessen Schicksal nicht übel zu nehmen, und es nicht konnte. Das machte sie traurig.

Seit einem Vierteljahrhundert quälte sich Jakobs Vater mit einem Lungenleiden, welches er tatsächlich noch aus einem Kohleschacht im Ruhrgebiet mitgebracht hatte. Jakob dagegen schien das für ein Vergehen zu halten. Vielleicht nicht die Krankheit selbst, sondern die vom Vater fröhlich vorgetragene Niederlage gegen das Leben.

Das Abendessen bei Jakobs Eltern war seltsam gewesen. Jakobs Onkel Albert hatte Charakterzüge ihres Vaters. Er war ebenfalls Choleriker und Machtmensch, doch sah Jolanda ihm an, dass er sich für seine gesellschaftliche Position abgekämpft hatte. Onkel Albert hatte selbst Holz herbeischaffen und anzünden müssen, während ihr Vater eine Art ewiges Feuer sein Eigen nannte, das seine schwerreichen Vorfahren für ihn entzündet hatten.

Dieser störrische alte Mann. Er bildete sich doch tatsächlich ein, ihr immer nur geholfen zu haben. Auch wenn er ständig alles gegen ihre Interessen regelte.

Wenn ihr Vater ihr wirklich helfen wollte, müsste er eigentlich wissen, wie. Seit Monaten lag Jolanda ihm in den Ohren, dass er Jakob mit seinen Bildern in die bald beginnende *Utopian Art* aufnehmen sollte, eine bedeutende Kunstschau, als deren Co-Financier Heinrich auftrat. Es war ihr egal, ob das Programm längst feststand. Er könnte das für sie durchsetzen. Er wollte nur nicht.

Jolanda betrachtete ihre Hand, in der die Selbstgedrehte erloschen war. Sie ging zur Spüle, hielt inne, stand lange vor dem präzise konstruierten Haufen aus Tellern und fehlgeleiteter Solidarität. Nein, das Geschirr durcheinanderzubringen würde nichts nützen. Sie musste die Initiative ergreifen. Heute noch.

Sie würde ihrem Vater klarmachen, dass im Café alles gleich bleiben würde. Sie hatte keine Lust auf die Geschäftsführung – und basta. Dies sollte der letzte Tag sein, an dem ihr Vater sie gegen ihren eigenen Strom trieb. Der allerletzte Tag.

6. Herzlichen Glückwunsch

Jakob rief seine Mutter an, damit sie ihm zum Geburtstag gratulieren konnte.

Sofort kamen Vorwürfe. Sie habe sich große Sorgen gemacht, weil sie ihn an seinem dreißigsten Geburtstag nicht habe erreichen können, das könne er sich gar nicht vorstellen, erklärte seine Mutter ihm. Er konnte sich wirklich nicht vorstellen, warum man sich Sorgen um jemanden macht, der mal keine Anrufe beantwortet.

Herzlichen Glückwunsch, mein kleiner Egoist, sagte sie. Bei diesen Worten hätte Jakob vor Wut kotzen können. Er riss sich zusammen und sagte, dass er heikle Tage hinter sich habe. Als er schon auflegen wollte, sagte seine Mutter, dass Onkel Albert ihm auch gratulieren wolle.

Onkel Albert schnaufte ins Telefon und begrüßte ihn mit einem schweren *Guten Tag, Jakob*, was ziemlich verdächtig klang.

Jakob lauschte den Schritten seines Onkels und seinem Schnaufen. Er verließ offensichtlich den Raum, um ungestört reden zu können. Seit Albert die Leitung seiner Spedition anderen übertragen und seinen Zigarettenkonsum von drei Packungen auf eine am Tag reduziert hatte, neigte er nicht mehr zu cholerischen Wutausbrüchen, dafür schnaufte er, als würde die Anstrengung der letzten dreißig Jahre aus seinem wuchtigen Körper entweichen. Albert hatte eine insolvente Spedition übernommen und sich jahrelang kaputtgeschuftet, um daraus ein erfolgreiches Logistik-Unternehmen zu formen. Es hatte funktioniert.

Jakob hörte eine Tür zufallen.

Onkel Albert sagte: Herzlichen Glückwunsch, Jakob. Dann schnaufte er.

Jakob bedankte sich artig. Albert erzählte, dass er ein ungewöhnliches Geschenk für ihn habe. Er werde nicht mehr für die Miete der Atelierwohnung aufkommen. Ab sofort müsse Jakob auf eigenen Füßen stehen. Verantwortung tragen. Das sei das Beste, was er für ihn tun könne. Onkel Albert machte eine Pause, schnaufte und erklärte, dass er mit Jakobs Galerist Severin gesprochen habe. Der habe bestätigt, dass der *junge Maler* sich seit mehr als einem Jahr hängen ließe, kaum noch produziere und, nun ja, einen *unsachlichen Lebensstil* pflege. Daher sei es sinnvoll, wenn Jakob sich fortan selbst um seine Miete kümmere. Nach einer halben Minute Schweigen fügte Albert an: Die Hoffnung, dass du bei mir im

Betrieb einsteigst, die habe ich ja schon lange aufgegeben. Aber du musst etwas finden, für das du dich richtig ins Zeug legen willst. Wenn du es bei deiner Malerei nicht machst, dann musst du einen anderen Weg suchen. Nur machen, machen musst du.

Jakob sagte: Ja. Danke, Albert.

Mehr sagte er nicht, Onkel Albert verabschiedete sich, beide legten auf.

Jakob wusste nicht, was ihn mehr anwiderte. Dass Severin, der den Onkel bei einer Vernissage vor zwei Jahren kennengelernt hatte, ihm in den Rücken fiel, oder Formulierungen wie *junger Maler* und *unsachlicher Lebensstil*, was auch immer das war. Oder dass sein Onkel ständig mit dieser Einstiegsoption ankam, auch wenn er sie nach einem Dutzend Absagen mit einem *Ich-weiß-ja-dass-du-es-eh-nicht-willst* einleitete.

Albert litt sehr darunter, dass sein eigener Sohn Leon nicht in seine Fußstapfen treten konnte. Er war vor zehn Jahren bei einem Autounfall gestorben. Alberts herrenloses Vermächtnis war die klaffende Wunde der Familie. Aber Jakob wusste, dass Leon ohnehin alles andere lieber gemacht hätte als diesen öden Speditionsjob. Und dass er nicht durch *falsche Freunde* zu den Substanzen verleitet wurde, wegen derer er in seinem getunten Golf zerschellte, sondern er selbst einer jener falschen Freunde war, die andere anstifteten. Jakob stand kurz davor, Onkel Albert zurückzurufen und ihm all das entgegenzuschreien. Er besann sich im letzten Moment.

Jakob setzte sich auf seine Bettkante. Er rauchte. Saß da und rauchte.

Verstand seine Mutter überhaupt, was er machte? Verstand es Onkel Albert? Hatte Papa es verstanden?

Sicher, sie wussten, dass er malte. Aber konnten sie nachvollziehen, warum er so sehr daran hing, statt einfach einer sicheren Beschäftigung nachzugehen? Er hatte diesen Gedanken viele Jahre nicht ausformulieren können, aber jetzt lag er griffbereit in seinem Kopf: Seine Familie hatte keinen Sinn für das Erschaffen von abstrakten Dingen, sondern glaubte an die konkrete Notwendigkeit harter Arbeit. Erschaffen bedeutete für sie etwas anderes. Einmal hatte seine Mutter pathetisch gerufen: *Weißt du, was es heißt, Dinge mit den eigenen Händen zu machen? Etwas, das sich irgendwo wiederfindet? Damit jemand es benutzen kann?!* Zur Untermalung ihrer Worte ballte sie ihre Hände vor Jakobs Gesicht zu Fäusten.

In einem Essay in irgendeiner linken Zeitschrift hatte Jakob mal den Begriff *Kapitalistischer Katechismus* aufgeschnappt. Die Überzeugung, dass lebenslange Lohnarbeit unausweichlich ist, war ein Glaubenssatz, der sich bei all jenen Menschen der Generation seiner Eltern verfestigt hatte, die den Hippie-Zug und alle späteren Mitfahrgelegenheiten in ein anderes Leben für immer verpasst hatten.

Genau betrachtet war lebenslange Lohnarbeit für die meisten ja irgendwie auch unausweichlich, zumindest solange die Dinge so blieben, wie sie nun einmal waren. Jakob hatte für sich früh beschlossen, dass er bei all dem nicht mitmachen würde.

Und je mehr Jakob auffiel, dass seine Eltern nicht mal versuchten, frei zu sein, desto sicherer war er sich. Klar, es stand niemand mit einer Waffe in der Hand hinter ihnen und zwang sie zu wenig erfüllender Schufterei. Aber es hätte eben auch keinen Unterschied gemacht, wenn jemand das getan hätte. Seine Eltern kamen Jakob wie Gefangene vor, die den Schlüssel zu ihrer Zelle selbst weggeworfen hatten. Später, kurz bevor er zu Hause auszog und sich zum ersten Mal wirklich Gedanken um Geld machte, begriff er, was es für seine Eltern heißen musste, in einem System zu leben, dass auf der Ausbeutung von fleißigen und folgsamen Menschen wie ihnen beruhte. Ja, sie mussten leben, sie mussten ihren Sohn Jakob versorgen, sie waren ständigem Zwang ausgesetzt. Aus gewisser Perspektive betrachtet hatten sie keine Wahl. Trotzdem konnte Jakob ihnen nicht verzeihen, denn sie hatten es schlichtweg nicht versucht. Sie saßen in der Zelle und wagten nicht den Ausbruch.

Als Jugendlichen hatte es Jakob rasend gemacht, wenn sein Vater morgens eine halbe Stunde am Stück gehustet und dann in die Zeche, *auf Arbeit* aufgebrochen war. Jakobs Gesichtsausdruck beantwortete er mit einem Schulterzucken: So ist es, anders kann es nicht sein. Diese angebliche Unausweichlichkeit der Dinge brachte Jakob aber nur als Jugendlichen um den Verstand. Dann wurde er alt genug, sich um diesen Verstand zu saufen, wenigstens für eine Nacht. Er trank sich eine gewisse Vedrängungsfähigkeit an.

Viele Jahre später, als sein Vater, *die letzte Staublunge des Ruhrgebiets*, an der Luft unter Tage und an seiner Arbeitsethik gestorben war, machte sich Jakob Vorwürfe, nicht mehr versucht zu haben. Er wusste auch nicht, was dieses Mehr hätte sein sollen. Nur das unbestimmte Gefühl, nicht genug für seinen Vater getan zu haben, das blieb.

Seine Mutter hatte auch nichts gegen Vaters Untergang getan. Aber sie war für ihn da gewesen. Das zeichnete sie aus. Erst jetzt verstand Jakob, was das überhaupt bedeutete: für jemanden da zu sein. Es hieß zurückzustecken, weil es helfen könnte – und nichts dabei zu finden. Auch jetzt war seine Mutter für ihn da, zum Beispiel wenn er anrief. Er rief fast nie an.

Seine Mutter hatte Jakob bei allem unterstützt, was er tat, hatte es immer getan, aber er wusste, dass ihr regelmäßige Anrufe wichtiger waren, als dass Jakob regelmäßig Bilder ausstellte. Er fand es verrückt, wie selten er in den vergangenen zehn Jahren mit seiner Mutter über die Malerei gesprochen hatte. Immerhin hatte sie zwei Semester Kunst studiert, vor einer halben Ewigkeit, bis sie für die Familie zurücksteckte, eine dieser für sie selbst alternativlosen Entscheidungen.

Mehr als eine leichte Zuneigung zum Impressionismus schien bei ihr aus dieser Zeit nicht übrig geblieben zu sein. Jakob versuchte sich daran zu erinnern, wie er mit seiner Mutter diese Paul-Cézanne-Ausstellung besucht hatte. Es gelang ihm nicht. Da waren nur Farbflecke und die Gewissheit, dass er nichts mit diesen pampig-sanften Hügeln Südfrankreichs anfangen konnte, überhaupt nichts.

Jakobs Eltern hatten ihn nie zu etwas gezwungen. Noch nicht einmal ihre Einstellung zur Arbeit hatten sie ihm einzutrichtern versucht. Sie bestanden auf nichts. Sie ließen ihn so frei sein, wie sie selbst es niemals auch nur versucht hatten. Wieso nur hatte seine Mutter ihm diese Gitarre gekauft, die am gleichen Tag in der Ecke landete und dort klanglos vergammelte? Er war sechzehn, er hatte sie haben wollen, er bekam sie. Das Geld musste sich Mutter aus den

Rippen geschnitten haben, denn nie war welches da, wenn es gebraucht wurde. Zum Glück gab es Albert. Je länger Jakob darüber nachdachte, desto verrückter erschien es ihm: Seine Familie unterstützte ihn über so viele Jahre, obwohl er sich kaum dankbar zeigte und sie seinen Weg nicht nachvollziehen konnten.

Sie wussten nicht, warum er malte, dass er zu viel trank, wie Zigaretten seinen Tag takteten. Sie nahmen ihn hin, wie die meisten Menschen ein abstraktes Gemälde hinnehmen: echt interessant, auch wenn ich es absolut nicht verstehe.

7. Kunst am Bau

Weil es nicht mehr anders ging, lief Jakob los. Nachts war so etwas drin: einfach loslaufen. Raus aus dem Haus, dem Hof, aus der Weite seines Ateliers. Hinaus. Und hinein in dieses Berlin.

Um die Ecke gebogen, hinein in die Manteuffelstraße, immer in zweiter Reihe zugeparkt, ein Transporter hupte sich den Weg frei. Junge bärtige Männer begrüßten sich mit *Merhaba* und einem breiten Grinsen. Sie ließen junge Schwedinnen vorbeiziehen, ohne zu pfeifen, nickten nur beeindruckt, die Schwedinnen waren sehr blond und vielleicht gar keine Schwedinnen, aber sie konnten noch nicht lange da sein, weil sie lila Pullover trugen und Männerblicken nicht auswichen. Der Transporter hupte, diesmal noch lauter. *Alter, siehst du doch, dass da keiner drinsitzt!* Die Mädchen gingen in den *Adana-Grill.* Ein junger, unrasierter Mann wies ihnen einen Platz zu, den Kopf gesenkt, er musste schon sehr lange müde sein.

Jakob kannte das alles und konnte es nicht schlimm finden. Berlin. Also er konnte schon, aber jetzt gerade nicht. Bei Nacht war es in seinem Element, Berlin war Nachtstadt, der Dreck wurde unsichtbar, Kneipentüren öffneten sich. Jakob lief an einem Berg gebrauchter Klamotten vorbei, der an einer Kreuzung ausgekippt war, *Kleiderspende*, stand auf einem Anhänger, der davor parkte. Fast hätte Jakob sich einen dunkelblauen Kapuzenpulli gegriffen, aber er hielt sich zurück. Heute wollte er sich nicht verkleiden. Er wollte er selbst sein.

Jakob verließ den Kiez, das war gut. Wenn er die Oranienstraße hochgelaufen wäre, hätte alles in einer Bar und nicht mit einem Nachtmarsch geendet, und nach einem solchen fühlte er sich. Andere sagten Spaziergang, klar, aber er nannte es Nachtmarsch. Außerdem hatte er ein Ziel, Spaziergänger hatten kein Ziel. Jakob lief auf die Spree zu, die Lichter wurden weniger und die Autos schneller.

Er war lange nicht mehr einfach losgelaufen, stellte er fest. Es konnte natürlich daran liegen, dass alles passte, dass er zufrieden war mit sich und seinem Leben zwischen fahlem Licht und Schatten, aber diese Selbstlüge gab er sich jetzt nicht.

Gerade in letzter Zeit ging es so gar nicht mehr, aber er war trotzdem nicht losgelaufen, das konnte einiges bedeuten, aber sicher nichts Gutes.

Jakob beschleunigte und spürte das Pochen in seinem Brustkorb.

Auf der Suche nach Tabak griff er in seine Jackentasche. Er fand Carlos Notizbuch. Tastete die Kanten ab. Gut, dass es bei ihm war. Natürlich bevormundete er Carlo, wenn er es behielt. Vorläufig behielt. Aber bevor er es ihm zurückgab, wollte Jakob erst herausfinden, wie Carlo drauf war.

Das letzte Mal, als Carlo davon gesprochen hatte, sein Gedicht geschrieben zu haben, *das endgültige Gedicht*, lag er anschließend wochenlang auf seiner Couch und roch irgendwann nach verfaulten Füßen. Ben hatte damals gescherzt, sie sollten Eintritt verlangen, damit Zuschauer den modernen Hungerkünstler Carlo bewundern können. *Der Mann, der für die Kunst alles gab und nichts mehr zu sich nahm.* In den ersten Tagen von Carlos Verzweiflung scherzten sie noch. Später machte niemand mehr Witze.

Jakob überquerte die Spree, ohne auf der Schillingbrücke anzuhalten.

Schräg rechts sah er sein Ziel leuchten, wie Himmelskörper hingen dort die Lichter von Baukränen in der Nacht, es waren noch höchstens vierhundert Meter und es waren genau vier Kräne. Sie bildeten eine Raute, es war alles eine Frage der Perspektive, dachte Jakob. Oh wie einfältig, natürlich war es eine Frage der Perspektive, es war immer alles eine Frage der Perspektive, wieso dachte er gerade nur so simpel?

Egal, der Kran an sich war nicht so wichtig wie der Weg dorthin. Solange Jakob lief, war er frei. Diese Freiheit war vielleicht nur eine Illusion, aber darauf kam es eben nicht an. Solange er lief, kam es darauf nicht an. Jakob machte einen Mix aus klarer Nachtluft und körperlicher Betätigung für dieses Gefühl verantwortlich. Zumindest im Vergleich zu einem eingesperrten Tiger, der nur in seinem Käfig hin- und herschleicht, war er wirklich frei.

Und irgendwie ging es doch um den Kran. Dort waren die Gedanken nicht zwangsläufig tiefer, aber auch die offensichtlichen Erkenntnisse hatten Kraft. Ben hatte mal gesagt, dass es am Sauerstoff liege. *Von Sauerstoff wird man high.* Deshalb erscheint oben alles so tief und erhaben. Jakob hatte den Satz mit dem Sauerstoff sofort als *Fight Club*-Zitat erkannt. Da konnte was dran sein.

Es war auf einem Kran halt wie bei einem Hollywood-Film, ja, Hollywood war oben. Wenn Mel Gibson *Freedooooom!* brüllte und die Streicher einsetzten, begann jeder zu weinen und diesen englischen König zu verfluchen und den Schotten und *Braveheart* alle Unabhängigkeit dieser Welt zu wünschen.

Nicht auszudenken, Til Schweiger würde in einem Geschichtsepos für die Freiheit der Sachsen einstehen und laut *Freiheeeeeit!* rufen …

Jakob beschleunigte, um seine Schritte den aufkommenden Unsinn verdrängen zu lassen. Bald schon lief er direkt auf die Lichter zu.

Er passierte den Ostbahnhof und das *Yaam*, die *jamaikanische Botschaft*, wie der Club genannt wurde. Jakob versuchte, die Stadt wahrzunehmen, Gebäude zu betrachten, die er schon zu oft ergebnislos angeschaut hatte. Der Ostbahnhof leuchtete mit dem Charme eines Krankenhausflures aus Zeiten der deutschen Teilung, das *Yaam* setzte auf bunte Knalleffekte, sogar eine Discokugel gab es, als würde dort seit 1987 das immer gleiche Musikvideo gedreht werden.

Jakob erreichte sein Ziel: eine Baustelle, die ihm schon vor Wochen aufgefallen war. Auf einem Grundstück eingeklemmt zwischen Bahngleisen und der Spree, zwischen dem Ostbahnhof und einer Arena, die wie eine moralisch flexible Ehefrau alle paar Jahre ihren Namen wechselte, wurden hier anonyme

Bürobauten hochgezogen. Jakob lief einmal um die ganze Baustelle. Es gab Container, in denen Licht brannte, aber Jakob glaubte nicht, dass jemand die Baustelle bewachte. Von früheren Ausflügen wusste er, dass solche Container meistens beleuchtet und verlassen in der Gegend herumstanden. Glühbirnen waren günstiger als Wachmänner. Trotzdem hockte sich Jakob hin, um zu beobachten.

Das war gefährlich, denn die Ruhe vor dem Aufstieg verleitete zum Nachdenken über Grundsätzliches. Nachdenken über Grundsätzliches war deutlich gefährlicher als Wachmänner, leuchtende Glühbirnen und als alles andere auch.

Als Jakob zum ersten Mal auf einen Kran stieg – das musste schon einige Jahre her sein –, tat er es, weil er sauer war auf sich und seine Flugangst. Da hatte er sich noch nicht allzu viele Gedanken darüber gemacht, ob Flugangst zwangsläufig bedeutet, nicht schwindelfrei zu sein. War bei ihm nicht so. Daran musste er jetzt denken. Daran musste er immer denken, vor dem Aufstieg.

Später forschte er nach, was andere Menschen darüber dachten und schrieben. Viele hatten zwar Höhenangst, aber keine Flugangst. Bei ihm war es umgekehrt. Er war also ein seltsamer Fall – was Jakob gleichzeitig gefiel und ihn stutzig machte. Menschen, die behaupteten, gegen alle Wahrscheinlichkeiten krank oder begabt zu sein, waren doch allzu oft Spinner, die sich die wahren Ursachen nicht eingestehen wollten. Was waren denn bei ihm die wahren Ursachen? Vielleicht wollte er nur nicht so einer Blechkiste ausgeliefert sein. Aus einem Flugzeug konnte niemand einfach so aussteigen. Oder es handelte sich um Platzangst. Um das rauszufinden, würde es genügen, sich in ein stehendes Flugzeug zu setzen. Vielleicht. Jakob hatte seit seiner Kindheit, als er einmal eine Panikattacke hatte und sie wegen ihm den Start abbrechen mussten, keinen Schritt mehr in ein Flugzeug gesetzt.

Unerbittlich rotierte der Gedanke in seinem Kopf, dass er gar keine Flugangst hatte. Ein Gedanke, den er meistens erfolgreich ignorierte. Wenn es stimmte, dass da nichts war, dass er in jedes Flugzeug würde steigen können, dann … Das war schon eine echt fiese Geschichte. Und es kam zu oft das Wort Angst in ihr vor.

Verdammt noch mal.

Jakob stand auf und sprang über den Zaun.

Der Rohbau war teilweise fertig, es war ein Komplex von mindestens fünf Gebäuden mit je sechs bis sieben Etagen.

Jakob sprang über eine Grube, die sich vor ihm auftat, und balancierte auf einer Holzbohle in Richtung des größten Krans. Der Kran stand auf einer Freifläche, die in Zukunft wohl mal ein Innenhof werden würde. Jakob schaute sich um. Er mochte es, in größeren im Bau befindlichen Gebäudestrukturen das Gefühl dafür zu verlieren, wo er sich befand: unter oder über der Erdoberfläche.

Einige Wände wurden von Baulampen angestrahlt, sicher damit von außen der Eindruck entstand, hier gebe es auch nachts Aktivität. Jakob verharrte kurz und lauschte. Es war still.

Zwischen zwei Stahlstreben hindurchkletternd gelangte er ins Kraninnere und begann sofort mit dem Aufstieg. Wie alle Kräne, die er bisher bestiegen hatte, war auch dieser in viele Level unterteilt, sodass er nie mehr als zwanzig Sprossen der gusseisernen Leiter erklimmen musste, bevor die nächste sichere Plattform folgte. Jakobs Hände waren bald kalt und steif.

Er erklomm den Kran ohne anzuhalten, lauschte nur seinem Atem. Er dachte an nichts. Das tat gut.

Oben angelangt war Jakob überwältigt. Nicht vom Blick, sondern von der Luft. Kühle Sommerluft, die ihm der Wind in Böen zutrug.

Jakob checkte die Luke zur Führerkabine. Sie war zu. Er stand auf einer kleinen Plattform direkt über der letzten Leiter, zuvor war er durch eine offene Luke geklettert, genau dort, wo sich Arm und Turm des Krans trafen.

Jakob drehte sich eine Zigarette und dann langsam so lange um die eigene Achse, bis ihm schummrig wurde und all die Lichter der Stadt vor seinen Augen tanzten.

War er so gerne so weit oben, weil diese Perspektive die Illusion bot, alles begreifbar zu machen? Natürlich war die wirkliche Klarsicht dort unten, auf Augenhöhe, wo Blicke sich trafen.

Und wenn schon.

In der Kunst wie im Leben galt doch sowieso: Das Wichtige bei Perspektiven ist es, mehrere zu haben. Jakob befahl sich etwas mehr Nachsicht mit sich selbst. Immerhin machte er hier oben keine Fotos, er teilte seine Erfahrung nicht – und das war doch etwas wert. Das hieß, dass er es wirklich der Sache wegen machte und nicht, um zu gefallen. Wenn ihm das nur bei seinen Bildern auch gelingen würde.

Er schaute nach unten, auf die Stadt. Im Lichtermeer waren überall dunkle Flecken, als wäre Berlin ein Kopf, dem jemand wahllos Haarbüschel ausgerissen hätte. Je weiter Jakob seinen Blick senkte, desto schummriger wurde ihm, als verlöre er sein Gleichgewicht und … Da war jemand.

Unten, am Kran.

Jakob setzte sich, an einen Träger gelehnt. Machte sich klein. Er schaute nach unten, dort war eine Taschenlampe, der Lichtkegel sprang wild herum.

Jakob drückte seine Zigarette aus und lauschte seinem Herzschlag. Er beschleunigte und blieb dann konstant, erst nach und nach beruhigte er sich. Jakob hielt den Atem an. Das ergibt gar keinen Sinn, sagte er sich und atmete aus. Er verharrte reglos.

Als er kurz darauf nach unten schaute, sah er keinen Lichtkegel mehr. Auf der Baustelle war es so dunkel und ruhig, dass Jakob sich fragte, ob er sich alles eingebildet hatte. Je länger er hinunterschaute, desto mehr erschien ihm die Baustelle sogar dunkler als zuvor, als hätte jemand einige der Baulampen ausgeschaltet. Jakob wartete noch etwas, horchte in die Nacht hinein, doch da war nichts. Vorsichtig begann er mit dem Abstieg.

Wenn es ein Wachmann gewesen war, musste der erst die Polizei holen. Jakob glaubte nicht, dass jemand sein eigenes Leben gefährden würde, um einen Einbrecher auf einer Baustelle zu stellen. Wenn er sich beeilte, blieb genug Zeit zur Flucht. Jakobs Hände und Füße funktionierten zunehmend mechanisch.

Als er fast unten war, bemerkte Jakob Licht in einem Kellergeschoss. Er konnte nicht so genau erkennen, was vor sich ging, aber jemand bewegte sich dort auf und ab. Jakob vernahm leise schabende Geräusche, es klang, als würde jemand ein Tier streicheln.

So vorsichtig wie nur irgend möglich stieg Jakob eine Sprosse nach der anderen hinab, bis er einen Teil des Kellers einsehen konnte, wenn er sich etwas verrenkte.

Dort stand ein Mann in oranger Weste mit dem Rücken zu ihm. Er verschwand hinter einer Mauer, um dann rückwärts gehend wieder zu erscheinen und kurz darauf erneut zu verschwinden. Er schien etwas in seiner rechten Hand zu halten. Jakob konnte nicht sehen, was es war. Die hintere Wand wurde grell angestrahlt.

Jakob kletterte wie in Zeitlupe weiter nach unten, in seinem Kopf spielte sich eine Szene wie aus einem Tarantino-Film ab: Der Typ hatte bestimmt eine Zange in der Hand und machte hin und wieder einen Schritt nach vorne, um einem verfeindeten Mafioso, der von einem der Strahler geblendet wurde, einen Fingernagel rauszureißen. Danach würde er …

Schluss jetzt.

Jakob hievte sich an zwei größeren Stahlstreben nach draußen und stand vor dem Kran. Seine Neugier war zu stark. Er lief ein Stück auf den Gebäudeteil zu, in dessen Keller sich die Szene abspielte. Um nicht aufzufallen, legte er sich auf den Boden und kroch die letzten Meter.

Es war ein Wachmann, der ein Bild auf eine Betonwand malte.

Jakob war nun nur etwa zwanzig Meter Luftlinie von dem Mann entfernt. Er sah von oben direkt auf dessen Halbglatze. Der Mann lief etwas gebeugt, jung konnte er nicht sein. Ein paar Schritte vor, ein paar Striche, einige Schritte zurück, Überblick verschaffen, wieder vor. Der Mann malte mit gleichmäßigen, ruhigen Bewegungen, während seine Schritte eher hölzern wirkten, seltsam unrund, als wäre er ein Auto auf unterschiedlich großen Reifen.

Er malte eine Berglandschaft. Kahle Gipfel erhoben sich aus grünem Wald. Der Mann pflegte einen ungewöhnlichen Stilmix. Der Berg in der Mitte war detailliert, fast fotorealistisch getroffen, während das Bild nach außen ausfranste und an den Kanten nur grob dahingeworfene Farbkleckse zu sehen waren. Das viele Grün unten und die schroffen Felsen ließen Jakob an die Alpen denken. Der Mann tupfte etwas weiße Farbe auf den Gipfel. Also doch, Schnee. Jakob kroch ein Stück vor.

Erst jetzt sah er, dass die anderen Kellerräume schon fertig waren und nur noch dieser eine rohe Betonwand aufwies. Nebenan waren die Wände mit Dämmstoff verkleidet, so musste es auch dem ausgeleuchteten Raum bald ergehen. Der Mann malte also in der Gewissheit, dass seine Arbeit verschwinden würde, ungewürdigt. Außer einigen Bauarbeitern bekäme es wahrscheinlich niemand zu Gesicht. Wenn er Pech hatte, schenkten diese Bauarbeiter dem Bild keine rechte Beachtung oder täten es sogar als Schmiererei ab. Selbst wenn sie erkennen würden, dass diese feingliedrige Arbeit etwas anderes war als die gewohnten Grafitti-Tags, hätten sie sicher kaum Zeit, es länger zu bewundern, oder schlichtweg keine Möglichkeit, es zu erhalten. Ungewürdigt. Er musste es so wollen.

Wenn jemand dieses Bild entdeckte, würde der Wachmann wohl behaupten, dass er nichts gehört hatte. Sicher war er der einzige auf der Baustelle.

Jakob lag recht unbequem, er zog ein Bein vor, blieb mit dem Schuh aber an einem Stahlhaken hängen und zuckte zusammen: Das war lauter als gewollt. Doch der Mann schien nichts gehört zu haben. Konzentriert machte er weiter, kratzte sich nur manchmal gedankenverloren am Kopf. Es schneite in den Alpen.

Der Mann bückte sich nach einem kleineren Pinsel, kurz schien es, als würde er vornüberkippen. Er konnte wirklich nicht mehr so gut auf den Beinen sein. Direkt neben ihm war ein Graben, es ging in ein weiteres Kellergeschoss, vielleicht eine Tiefgarage. Er richtete sich wieder auf und atmete hörbar aus. Dann machte er sich an die feinen Schattierungen. Er hielt inne, ging zur Baustellenleuchte und drehte sie ein wenig. Es war wohl zu hell gewesen, um feine Farbunterschiede zu erkennen. Dann machte er weiter.

Der Wachmann arbeitete sein Werk richtig aus, obwohl niemand es sehen würde. Das ging Jakob einfach nicht in den Kopf. Er tat es wirklich nur für sich. Für niemanden sonst. So wie Jakob nur für sich auf den Kran geklettert war. Warum konnte er bei seinen Arbeiten nicht so denken? Weil er dann auch irgendwo als Wachmann arbeiten müsste, kam Jakob in den Sinn. Oder weil er Resonanz brauchte. War es nicht allzu menschlich, Resonanz zu brauchen? Was machte der Wachmann, nachdem seine Schicht vorbei und sein Werk dem Baufortschritt ausgeliefert war? Vielleicht ging er nach Hause und erzählte niemandem davon, was er hier trieb. Das konnte doch nicht gesund sein …

Jakob bemerkte, wie er sich vor sich selbst verteidigte. Das war nicht gut. Wenn ein malender Wachmann einen Angriff auf sein Wertesystem darstellte, war das gar nicht gut. Jakob musste lachen. Wie bescheuert war das bitte, dass er als Maler, der schon lange nicht mehr gemalt hatte, eine solche Szene erlebte? Hätte der Typ nicht wenigstens eine Skulptur aus Sand bauen können? Was wollte ihm das Schicksal oder wer auch immer sagen?

Jakob drehte sich auf den Rücken und schaute in den Himmel. Er lauschte dem Geräusch von Pinsel auf Beton. Es klang nun nicht mehr wie das Streicheln eines Tieres, sondern wie ein sanfter Flüsterton. Die Sterne waren kaum zu sehen, winzige Punkte, verschluckt vom Stadtlicht. Das alles war wirklich zu absurd. Vielleicht musste irgendwann auch einfach etwas passieren, so oft wie er schon auf einen Kran geklettert war. Er hatte immer geglaubt, dass er eines Tages erwischt wird. Oder dass er jemanden auf dem Baukran trifft, der aus gleichem Grund gekommen ist wie er selbst. Früher hatte er sogar die Fantasie gehabt, seine Traumfrau nachts auf einem Baukran kennenzulernen. Aber das hier, das war doch wirklich nicht zu fassen.

Aus dem Keller hörte Jakob ein metallisches Geräusch. Er drehte sich wieder auf den Bauch und schaute in das Kellergeschoss. Der Wachmann hatte den Pinsel auf den Boden geworfen, vielleicht auch ohne Absicht fallen lassen, er suchte etwas in seiner Tasche. Nun stand er seitlich zu Jakob, er konnte sein Gesicht sehen. Graue Wangen, eine hohe Stirn voller Falten, die Augen konnte er nicht richtig erkennen.

Jakob schob sich weiter vor – und blieb mit seinem Fuß wieder an einem der Metallhaken hängen. Der Haken war nicht fest verschraubt. Er bewegte sich. Laut.

Wer ist da?, rief der Mann.

Jakob verharrte still.

Es krachte.

Erschrocken blickte Jakob dorthin, wo der Mann gestanden hatte. Er war nicht mehr da.

Ungläubig stand Jakob auf. Er zögerte, dann tastete er sich zwei Schritte vor.

Hilfe!

Endlich begriff er. Der Wachmann war abgestürzt.

Jakob blickte hinab und sprang zwischen Bild und Strahler. Es war erstaunlich tief.

Ahh. Schöner Mist. Bist du in Ordnung?, rief der Wachmann. Seine Stimme war ein einziger Krächz, sie erklang von weit her.

Jakob irritierte diese Frage, er war es doch nicht, der in ein Kellerloch gestürzt war. Er holte die Lampe, die der Wachmann zum Malen benutzt hatte.

Ich helfe dir, sagte Jakob. Im grellen Licht der Lampe erkannte er das ganze Dilemma. Der Graben, in dem der Wachmann lag, war schmal und sehr tief. Unten glänzte sein kahler Schädel. Jakob sah in seltsam ruhige Augen.

Ich glaube, mein Bein ist kaputt, sagte der Wachmann.

Jakob zögerte kurz. Dann holte er sein Handy raus und rief den Notarzt.

Was … was machst du da?

Ich habe den Notarzt gerufen, rief Jakob nach unten. Er hatte schon aufgelegt.

Du hast … ach. Schöner Mist. Diesmal kegeln sie mich wirklich raus.

Diesmal?

Ja, diesmal. Das heißt wohl, dass es nicht das erste Mal passiert, rief der Wachmann mit deutlichem Ärger in seiner Blechstimme.

Jakob drehte den Strahler weg, er wollte keine Verhörsituation entstehen lassen. Es müsste gleich jemand hier sein, sagte er.

Ja. Das befürchte ich eben auch, rief der Wachmann. Er war zwischen Erde und Beton eingeklemmt. Prüfend bewegte er seinen rechten Arm. Jakob sah Staub im Licht des Baustrahlers aufwirbeln, er bildete Netze, bewegte sich.

Was machst du hier?, fragte der Wachmann.

Ich bin auf den Kran geklettert.

Ach so einer bist du, sagte der Wachmann. Jakob meinte, Enttäuschung in seiner Stimme zu hören.

Muss ich dann wohl sein, sagte Jakob. Wäre es dir lieber gewesen, ich wäre ein …

Ein Kabeldieb?, fragte der Wachmann. Ja, wäre es mir. Die haben nämlich noch keine Kabel verlegt hier. Da hättest du blöd aus der Wäsche geguckt! Der Wachmann lachte, hustete und spuckte aus. Schöner Mist ist das, sagte er leise.

Sie schwiegen. Jakob setze sich auf die Kante und drehte sich eine Zigarette.

Schöner Mist, hörte Jakob dann wieder von unten. Er glaubte nicht, dass der Wachmann diese Worte an ihn gerichtet hatte.

Kann ich dich etwas fragen?

Na ja, ich bin vorläufig hier, also frag ruhig, sagte der Wachmann.

Jakob lachte.

Also frag schon.

Wolltest du dieses Bild dokumentieren?

Wie meinst du das?

Na ja … es abfotografieren oder … also irgendwas machen, damit es nicht einfach verschwindet.

Nein.

Warum malst du es?

Jakob sah, wie der Wachmann versuchte sich umzudrehen, um ihn anschauen zu können, aber er musste wirklich eingeklemmt sein, es gelang nicht.

Um nicht einzugehen. Wenn du jede Nacht dort sitzt, Nacht für Nacht, da machste irgendwann nichts mehr … ich habe mich daran erinnert, dass ich als Kind gerne gemalt habe und … Schöner Mist ist das hier.

Wie alt bist du?

Einundsechzig, sagte der Wachmann und stieß stoßweise Luft aus, wie bei einem stummen Lachen.

Hoffst du manchmal …

Hoffen?, unterbrach ihn der Wachmann. Ja, mit einundsechzig hat man noch Träume … Er lachte nun laut.

Jakob ging dessen pointierte Gehässigkeit auf die Nerven. Er sagte: Zumindest Haare hat man dann keine mehr.

Ha! Der Wachmann lachte stumpf. Das hast du gut gesagt!

Jakob schwieg.

Weißt du, was ich hoffe?, fragte der Wachmann.

Was?

Dass niemand so einen Scheißjob machen muss wie ich. Die ganze Nacht eine Baustelle bewachen. Da gehst du doch ein! Menschliches Gemüse machen die aus dir! Für die paar Euro … Später kommt hier Mercedes rein. In den ganzen Komplex. Was kostet eine neue C-Klasse?

Keine Ahnung, sagte Jakob.

Eben. Das wissen die normalen Leute gar nicht. Die sind nur dafür gut, sich auf den Baustellen zu Tode zu schuften und … Ach, schöner Mist ist das.

Warum machst du den Job dann, wenn alles so schlimm ist?

Der Wachmann keuchte schwer. Er wischte sich Staub aus dem Gesicht. Familie, keuchte er schließlich. Familie. Ich habe vierzig Jahre gekämpft. Für meine Familie. Ein besseres Leben … Damals, das war eine Zeit, als sich Leute noch trauten, so etwas zu denken: ein besseres Leben … du weißt bestimmt nicht, wovon ich rede.

Na hoffentlich weißt du es, sagte Jakob.

Verraten und verkauft haben die uns! Sogar als die dann drankamen, achtundneunzig, die alten Spontis, da hätten sie zumindest … du kennst ja bestimmt den Spruch: Wer hat uns verraten? Sozialdemokraten!

Jakob schwieg. Er überlegte, was er entgegnen sollte. Dann hörte er Sirenen.

Die kommen, rief er nach unten. Ich muss los.

8. Papiertiger

Jakob saß an seinem Schreibtisch. Die vergangenen Tage donnerten durch seinen Kopf. Er zündete eine Kerze an, die in einer Flasche Ballantine's steckte. Stammte die Formulierung *Mann mit allen Eigenschaften* von ihm oder von Ben? Ob sie den Wachmann wohl heil rausbekommen haben? Hätte er in der *Fontäne* diese Lara klarmachen sollen, einfach nur, um endlich wieder jemanden klargemacht zu haben? Hübsch war sie ja schon. Aber diese Sache mit ihrer schon vor dem Losmachen *legendären* Reise. Jakob fiel auf, dass er ihr nicht von seiner Flugangst erzählt hatte. Stattdessen diese bescheuerte Geschichte mit ihm und dem in Bulgarien gestohlenen Pass …

Unwirsch sprang Jakob auf und wischte mit einer Hand das Zettelchaos auf seinem Schreibtisch beiseite.

Vor langer Zeit hatte er aufgehört, Unordnung zu verstecken, nur bei seinem Schreibtisch machte er eine Ausnahme. Ob dieses Durcheinander inklusive überquellender Schubladen kreativ war, wusste Jakob nicht. Es war, seit er vor drei Jahren in diese Atelierwohnung gezogen war, schlichtweg da. Wenn Onkel Albert ernst machte, würde er demnächst ausziehen müssen. Albert gehörte zu den Menschen, die grundsätzlich ernst machen. Die achthundertfünfunddreißig Euro Miete für ein Quartier dieser Größe waren unschlagbar günstig – ein Altvertrag – für Jakob allein aber unbezahlbar. Er hätte Jolanda um Geld fragen können, doch natürlich kam das nicht infrage. Verdammt noch mal. Er flog wirklich hier raus! Ganz im Ernst. Jakob spürte, wie ihm Tränen in die Augen schossen. Er würde doch jetzt nicht wirklich losheulen … mit dem rechten Unterarm wischte er in seinem Gesicht herum, bis seine Augen brannten.

Dann hob er Gegenstände auf und ließ sie wieder sinken: leere Kugelschreiber, Grafitstifte, einen Bleistifthalter in Form einer Hand, einen faustgroßen Würfel, eine Festplatte mit einem Mittelfinger-Aufkleber darauf. Jakob hatte das Gefühl, sich selbst von außerhalb zu beobachten. Als würde er eine Zwangshandlung parodieren. Er hatte keine Sympathie übrig für diesen Typen, den er da betrachtete. Jakob Ziegler erschien ihm nicht erhaltenswert. Es wäre zu gut, ihn durch jemanden zu ersetzen, der wirklich da ist. Der nie sinnlos Sachen hochheben würde, der überhaupt nichts sinnlos machte, sondern Sinn stiftete.

Jakob hörte auf sich zu bewegen und erstarrte zu einer Statue seiner selbst.

So lange, bis er wieder in seinen Körper zurückgekehrt war.

Was für eine miese Nummer.

Was genau sollte er jetzt tun?

Er musste von etwas leben klar, aber … allein die Vorstellung, irgendwann in einem Büro zu sitzen, ließ Jakob erschaudern. Er hatte während seines Studiums einen Job, bei dem er Anzeigen für ein Branchenbuch gestalten musste, kaum drei Monate ausgehalten. Da war sein momentaner Nebenerwerb schon erträglicher. Als Assistent in einem Fotostudio führte er für einen viel beschäftigten Fotografen Aufträge aus. Geburtstage, Familienporträts, silberne Hochzeiten. Es war keine Kunst, sondern Handwerk. Vor allem aber war es Auftragsarbeit. Niemand zwang ihn, also war es auch keine klassische Lohnarbeit.

Jakob wusste, dass seine Kategorien nicht wirklich trennscharf waren, aber sie waren doch wichtig. Er wollte nicht angestellt sein, keine festen Arbeitszeiten haben und nicht für den Erfolg von jemandem schuften, dessen Ideen er nicht teilte.

Nein, er würde nicht selbst zur Ware werden.

Egal, wie hart es werden würde nach seinem Auszug und ohne Alberts Hilfe, er würde sich nicht *in den Arbeitsmarkt eingliedern*, wie es so hässlich heißt. Es tat verdammt gut, das genau hier und jetzt zu beschließen.

Jakob lief zerstreut um seinen Schreibtisch, bis ihn eine von kaltem Schweiß begleitete Erkenntnis traf: Johann Zeit war weg.

Die Zeichnung … sie hatte doch auf seinem Schreibtisch gelegen. Da war er sich sicher. Der Steckbrief mit Johann Zeits aufgelisteten Heldentaten lag noch da – die Zeichnung nicht.

Jolanda besaß einen Schlüssel zum Atelier, Ben auch, doch es schien Jakob absurd, die beiden zu verdächtigen. Außerdem hatte er sein Atelier seit der Kranbesteigung doch gar nicht verlassen …

Das Fenster.

Es war einen Spaltbreit geöffnet.

Jakob stürzte aus der Wohnung und rannte in den dunklen Nachbarschaftsgarten. Nur ein dünner Mondstrahl hing zwischen den Hauswänden. Jakob trampelte Geranien nieder, stieß sich den Fuß an einem Grill und fluchte laut in die Dunkelheit.

Dieser scheiß Grill! Muss der jetzt hier stehen?

Wer ist da?, hörte Jakob eine Kinderstimme und zuckte zusammen. Vor ihm standen drei Jungs mit

Taschenlampen. Jakob erkannte sie, es waren die gleichen, die immer vor seinem Fenster spielten.

Er fragte: Was treibt ihr hier um diese Uhrzeit?

Wir machen eine Nachtwanderung, sagten sie im Chor.

Wer hat euch das denn erlaubt?, fragte Jakob.

Mama hat das erlaubt!

Von hinten kam eine übermüdet aussehende Frau, die keinerlei Frisur vortäuschte und einen Wollpulli über einem violetten Morgenmantel trug.

Sie gähnte, ohne eine Hand vor ihren Mund zu halten und begrüßte Jakob mit Namen. Er war sich unsicher, ob er sie jemals gesehen hatte. Ihren Namen kannte er nicht. Jakob sagte, an die Kinder gerichtet: Habt ihr vielleicht so ein Blatt gesehen, mit einem Mann drauf? Zwei Jungen schüttelten die Köpfe, der dritte nicht.

Hast du die Zeichnung gesehen?, fragte Jakob.

Der Junge nickte verlegen und sagte: Ich habe das Bild von dir gefunden. Das bist du mit einem ganz doll großen Kinn. Der Junge fing an zu lachen. Die beiden anderen stimmten ein.

Jakob sagte: Nein, das bin nicht … Er brachte den Satz nicht zu Ende. Es lief ihm kalt den Rücken runter.

Patrick, du hast mir doch vorhin diese Zeichnung gezeigt. Wo ist die denn?, fragte die Morgenmantel-frau.

Die habe ich dorthin getan, sagte der Junge und zeigte auf einen Haufen dicker Lehmbrocken unter Jakobs Fenster.

Jakob drehte sich um und ging zu dem Haufen, fing an ihn zu durchwühlen. Die Lichtkegel der Taschenlampen entfernten sich hinter ihm. Plötzlich brannte sein Finger. Er hatte sich geschnitten – aus seinem Zeigefinger tropfte Blut.

Da, das Blatt steckte zwischen zwei Lehmbrocken. Jakob holte Streichhölzer aus seiner Hose, zündete eines an und betrachtete es.

Das Kinn, der Bart, der Mantel: Es war alles noch da. Wie war der Junge nur auf die Idee gekommen, es würde sich um ein Selbstporträt handeln?

Das Streichholz verglühte. Es war dunkel. Jakob fand die Zeichnung auf einmal lächerlich. Es war doch nur ein Blatt Papier und keines, mit dem er sich besondere Mühe gegeben hatte. Aber sie zeigte jemanden, der er sein wollte. Zeigte sie ihn? Kinder sagen doch angeblich immer die Wahrheit.

Jakob wurde klar, dass er die Zeichnung nicht mit zurück ins Atelier nehmen konnte. Der Vogel war ausgeflogen, er durfte nicht mehr in den Käfig. Was auch immer dafür gesorgt hatte, dass Johann Zeit sein Atelier verlassen hatte, es musste ein Zeichen sein. Natürlich, es war der Wind, aber es war auch ein Zeichen.

Jakob strich ein neues Streichholz über die Reibfläche. Er warf einen Blick auf Johann Zeit und wünschte ihn in die Welt. Er glaubte, nur einen stillen Gedanken zu formulieren, bemerkte dann aber, wie seine Lippen sich bewegten.

Mein Name ist Johann Zeit.
Mein Name ist Johann Zeit.
Mein Name ist Johann Zeit.

Dann zündete Jakob die Zeichnung an. Sie brannte, brannte immer schneller. Jakob wünschte sich, sie würde noch etwas bleiben.

Daumen und Zeigefinger seiner Hand kapitulierten vor den Flammen. Nur eine angesengte Ecke war übrig geblieben und zu Boden geschwebt.

Jakob suchte nach ihr, suchte noch lange weiter, nachdem sie vom Wind angehoben und in die Stadt hinausgetragen worden war.

9. Der kneifende Schritt

Er trat auf die Straße, um ein anderer zu werden. Mein Name ist Johann Zeit, sagte er laut. Er spürte ein Kribbeln, es kam aus der Tiefe, als wollte etwas seinen Körper verlassen; er wehrte sich nicht. Vor ihm lag die Nacht. Es war windstill, es war warm, es knisterte.

Es ist ihnen egal, was ich male. Sie wollen meine Arbeiten nicht sehen … mich wollen sie nicht sehen.

Früher haben sie auch nicht richtig hingeguckt. Ohh, so viele Grautöne, das ist ja spannend! Ja, die Welt ist eben nicht schwarz oder weiß, mein Reden! Sie haben nie richtig hingeguckt. Wenn niemand es sieht, ist es auch nicht da. Das Bild entsteht im Moment seiner Betrachtung, was für ein Scheiß! Ich haue ab. Mein Name ist Johann Zeit. Mein Name ist Johann Zeit. Mein Name ist Johann Zeit.

Er schüttelte sich. Es war alles gesagt und gedacht, nun musste er handeln. Er wusste, dass die größte Gefahr darin bestand, sein neues Ich nur zu denken, statt es zu leben. Er musste agieren – und dafür alles um sich herum wirklich wahrnehmen. Nicht einfach über seine Umgebung hinwegsehen, wie sein früheres Ich das getan hatte, sondern sie schmecken, fühlen, riechen.

Er schloss seine Augen. Die Gerüche der Stadt zogen in seine Nase: abgestandene, säuerliche Pisse aus dem Innenhof hinter ihm, mit Koriander gewürztes Lammfleisch vom Grill gegenüber, Zigarettenrauch, von überall her. Ja, die Stadt: Sie war sie selbst und würde es bleiben.

Er öffnete seine Augen.

Es musste geklappt haben.

Autos bremsten bei Grün ab, Menschen zückten ihre Kameras, wichen aus. Das Stadtmeer aus Körpern, Blech und Staub teilte sich vor ihm. Er machte einen Schritt nach …

Platz da!

Jakob wurde aus dem Moment gerissen. Das wütende Gesicht eines Polizisten tauchte vor ihm auf. Herrgott, sehen Sie nicht, dass wir hier durchmüssen?!

Der Polizist deutete hinter sich. Zwei seiner Kollegen drückten den Kopf eines jungen Schwarzen in Richtung Asphalt, er schrie und schlug um sich, die Arme der Polizisten verkeilten sich in seinen. Zu dritt bildeten sie einen deformierten Organismus, der sich die Straße entlangwälzte und alle Aufmerksamkeit aufsaugte. Sicher eine Razzia gegen Dealer, das kam hier häufiger vor.

Plötzlich spürte Jakob wieder dieses Kribbeln, nur schmerzte es diesmal, als würden Hunderte Nadeln ihn von innen aufspießen. Der Typ war gar nicht schwarz, sondern ein Weißer mit schulterlangen Haaren und Wut in den Augen.

Hatte er sich nicht gerade erst vorgenommen, seine Umgebung wirklich wahrzunehmen, sie jedes Mal zu betrachten, als sähe er sie zum ersten Mal?

Die Polizisten zwängten den Mann in ein Polizeiauto. Er hatte eine blutige Wunde auf der Stirn. Er schnaufte. Durch die Scheibe erblickte Jakob ein Grübchen an seiner rechten Wange. Er hatte selbst so eines, überhaupt sah der Typ ihm ähnlicher, je länger Jakob ihn betrachtete. Als das Auto schnell, aber ohne Blaulicht davonfuhr, spürte Jakob plötzlich Freude in sich aufsteigen. Als hätten die Polizisten sein abgelegtes Ich mitgenommen. Jakob Ziegler war weg, Johann Zeit da. Er machte los.

Das Fuchsfell von Jakobs roter Lederjacke bespielte seinen Nacken. Seine Hose war auch aus Leder, aber schwarz. Seine Cowboystiefel hatten einen rostigen Sporn. Der Mann, der er geworden war, trug halt Leder. So war Johann Zeit eben.

Jakob zündete sich eine Zigarre an, zog auf Lunge und hustete Vanille. Er hielt das glimmende Ding unschlüssig in seinen Händen, blickte sich um und schmiss es auf den Asphalt. Dort qualmte die Zigarre still vor sich hin und stank weiter süß und beharrlich nach Vanille. Jakob musste lachen. Seine Verwandlung in Johann Zeit war schon eine bescheuerte Nummer. Eine bescheuerte Nummer mit Fuchsfell dran.

Vorhin, in seinem Atelier, war es ihm doch gelungen, nicht abzuschweifen, dachte Jakob. Vor dem Spiegel hatte er seinen Rücken durchgestreckt, sein Kinn vorgeschoben und laut gesagt: Mein Name ist Johann Zeit. Seine Stimme hatte geflattert, sein Atem war flach, er konnte nicht aufhören, an Robert De Niro in *Taxi Driver* zu denken. *Are you talkin' to me?*

Jakob lief weiter, durch die unaufdringlich erleuchtete Oranienstraße auf den Heinrichplatz zu. In all seiner Aufregung hatte er zunächst gar nicht gemerkt, wie schlecht seine neuen Klamotten saßen. Die Hose ließ dem Schritt so wenig Platz, dass Jakob glaubte, seine Hoden nicht mehr zu spüren. Er musste sich kratzen und gab diesem Verlangen auch nach.

Als er wider aufblickte, sah er gelbe Hotpants. Die dazugehörige Frau war diese Asiatin, die in der Schlange zur *Fontäne* abgewiesen worden war. Auf dem Kopf trug sie jetzt einen weißen Südsommerhut mit weiter Krempe. Er hätte nicht weniger zu den Hotpants passen können. Beim Anblick von Jakobs Hand in seinem Schritt hatte sie ihren Gesichtsausdruck von interessiert auf angewidert gewechselt. Jetzt wechselte sie auch noch die Straßenseite. Dabei hüpfte sie fast über den Asphalt. Die *Fontäne* hatte sie abgewiesen, aber Berlin nahm sie scheinbar auf.

Jakob erreichte den Heinrichplatz. Dort parkte einer dieser panzerförmigen Volvos. Dessen Rückscheibe warb für eine Veranstaltung, die keiner Werbung bedurft hätte, wie es in der Werbung so schön heißt. Die bald beginnende Kunstschau *Utopian Art* war eine große Nummer, ganz im Ernst und ohne Fuchsfell. Unter dem Schriftzug stand eine Hausfrau der Nachkriegszeit, die mit dem Bügeleisen am Ohr telefonierte, während das zu bügelnde Hemd sich selbst glatt strich und faltete. Das war bestimmt mit einer Schablone gemacht worden. Vom Stil her erinnerte es an Banksy. Jakob schüttelte den Kopf. Diese beschissene *Utopian Art*. Wie gerne würde er dabei sein.

Jakob hockte sich auf einen Fahrradständer, holte seinen Tabak heraus, drehte und rauchte. Menschen liefen umher, trugen Pilotenbrillen in der Nacht und sich selbst auf den Markt. Alle schienen irgendwohin zu wollen, aber niemand hatte es eilig. Ein Mann mit einem geflochtenen Zopf, der ihm bis zur Taille ging, sprach Spanisch brabbelnde Touristinnen an, die ihm zuhörten, als verkünde er unglaubliche Weisheit. Diese verdammte Stadt. Jakob hatte sich schon so oft überlegt, sie zu verlassen, aufs Land zu gehen oder wohin auch immer. Jeder Ort mit weniger Persönlichkeiten konnte mehr Persönlichkeit haben. Er war schon zu lange da.

Und wie hatte er sich diese Verwandlung eigentlich vorgestellt? Bevor er aus dem Haus gegangen war, schien doch alles so klar. Er war Johann Zeit, der Tausendsassa, der Geschichten erzählt, selbst wenn er schweigt, der anwesend ist, ohne da zu sein. Jeder Plan ergab Sinn, bei dem er nur nicht mehr Jakob Ziegler sein musste, dessen Lieblingsfarbe Grau alles über ihn sagte. Jeder neue Versuch war gut. Jakob zündete sich noch eine an. Dann nahm er die Zigarette aus dem Mund und gab sich eine Backpfeife. Mittelheftig.

Jakob wiederholte den Satz *Mein Name ist Johann Zeit* so lange und so schnell, bis ihm schummrig vor Augen wurde. Er drängte alles aus seinem Kopf. Er fixierte eine Tür und lief darauf zu.

Die Kneipe hieß *Franken*, hatte eine sehr dreckige Fensterscheibe und wirkte wie eine, die sich mit Absicht nicht wäscht. Jakob warf die Tür auf, sie prallte gegen die Wand. Er machte einen Halbschritt, blieb in der Türschwelle stehen. Drinnen spielte keine Musik, Schwarz dominierte die Wände, die Theke, die Kleidung der wenigen Menschen, die alle schwer an ihren Bierhumpen zu heben hatten. Der Barkeeper kam ohne Gesichtsfarbe aus, er sah aus wie sein eigener Geist. Wie in Zeitlupe drehte er sich ihm zu und sagte: Haste Säcke vor der Tür?

Jakob trat ein, ging zur Theke und sagte: Rum auf Eis.

Der Barkeeper wandte sich wieder einem Mann mit zotteligen Haaren zu, der auf einem Hocker saß und seinen Kopf schüttelte. Neben ihm saß ein Mädchen mit Dreadlocks, das Jakob über die Schulter hinweg begutachtete, mit den Fingern schnippte und zum Barkeeper sagte: Na komm, Peter, stell dich nicht so an, gib dem Jungen seinen Schnaps. Jakob versuchte sich seine Irritation über das Wort *Junge* nicht anmerken zu lassen. Er war dreißig Jahre und fünf Tage alt. Sie war jünger als er. Sie hatte eine feine Nase und tiefblaue Augen. Ohne ihre alternative Aura wäre sie bestimmt noch heißer gewesen, aber nicht so anziehend. Der Barhocker neben ihr war frei.

Jakob setzte sich und drückte sogleich die Brust heraus. Konzentration. Johann Zeit hatte den Raum betreten. Sie wussten es alle noch nicht, aber er hatte jetzt das Sagen.

Jakob versuchte, regslos zu sitzen und nicht einmal zu blinzeln.

Der Barkeeper, das Mädchen und der Zottelige unterhielten sich, ohne ihn weiter zu beachten. Sie ließen merkwürdig lange Pausen zwischen ihren Sätzen, als würden sie ganz genau überlegen, was sie von sich gaben.

Ja, ist schon krass, oder?, sagte das Mädchen.

…

Ja, sagte der Zottelige.

Die sind doch eh alle bekloppt, sagte der Barkeeper.

…

Zum Glück kann ich bei Rosi auf der Couch pennen, sagte das Mädchen.

Kannst auch zu mir, habe ich dir doch gesagt, sagte der Zottelige.

Ist klar, dass du das sagst, Diddi. Die letzte Frau, die deine Bude betreten hat, war deine Mutter, als du eingezogen bist, sagte der Barkeeper.

Das Mädchen lachte.

Der Zottelige guckte, als würde er gleich weinen.

Es ist jedenfalls, wie es ist: Man kann denen da oben viel erzählen, aber am Ende schmeißen sie dich eh raus, weil sie noch mehr Kohle wollen, sagte das Mädchen.

Der Barkeeper nahm ein sauberes Bierglas und begann, es betont langsam zu polieren.

Jakob gefiel das Mädchen, obwohl sie auch auf den zweiten Blick wie eine ungewaschene Steinewerferin aussah. Sie roch nach Lagerfeuer – oder nach einem brennenden Luxusauto. Vielleicht war es auch nur die Selbstgedrehte ohne Zusätze, die sie jetzt rauchte. Ihre Gesichtszüge verrieten jedenfalls eine gewisse Härte. So unbeugsam musste auch er vorgehen, sagte sich Jakob. Er wollte so lange sitzen bleiben, bis er bedient werden würde. Er war Johann Zeit. Er wusste das. Die anderen noch nicht.

Jakob versuchte, den Blick des Barkeepers einzufangen. Er schaute ihm direkt in die Augen, aber der Barkeeper schien das nicht zu merken. Jakob lehnte sich nach links, um eine gerade Sichtachse zwischen sich und dem Barkeeper herzustellen. Der drehte sich weg.

Nachdem sie aufgeraucht hatte, fragte das Mädchen den Barkeeper: Bist heute knallhart, wa, Peter? Peter nickte bedächtig und sah Jakob plötzlich direkt an. Wer keene Manieren hat, bekommt nix zu saufen, klar? Wer so bescheuert glotzt, erst recht nicht. Und wem du diese Jacke jeklaut hast, frage ich lieber gar nicht …

Jakob rutschte auf seinem Hocker hin und her, ignorierte die Sorge um seine eingequetschten Hoden und fragte sich, was zum Teufel er da gerade macht. Sein Drang zu gehen wuchs, doch so einfach war es nicht. Wenn er jetzt ging, würde Johann Zeit zurückbleiben und Jakob Ziegler aus dieser Bar heraustreten. Das durfte nicht sein. Jakob schwitzte und atmete schwer. Er schrumpfte.

Sag mal … was bist du denn überhaupt für ein Vogel?, fragte ihn das Mädchen.

Jakob fixierte ihren Blick. Mein Name ist Johann Zeit.

Das Mädchen lachte, sie hatte verwirrend weiße Zähne, die nicht zu einer jung gealterten Brandstifterin passten. Sie sagte: Und mein Name ist Pippi Langstrumpf.

Alles klar, antwortete Jakob. Was möchtest du trinken, Pippi?

Sie lachte noch deftiger, und sogar der Zottelige stieß einen Laut aus, der entfernt an Freude erinnerte. Das Mädchen lachte weiter, hörte abrupt auf und sagte: Markierst du hier den Dicken, oder was?

Von einem der hinteren Tische stand ein Hüne mit sehr weißen Haaren auf. Seine abgewetzten Lederklamotten sahen so aus, als hätte er sie selbst abgetragen. Er kam näher und zog dabei seine Jacke aus. Sein T-Shirt sagte: Slayer. Er sagte: Verpiss dich!

Jakobs Knie wurden weich. Er fasste den Entschluss, nicht weich zu werden, nicht zu weichen, selbst wenn er dafür Zähne einbüßen sollte. Er blickte zu Pippi, die ihn gütig anlächelte, als hätte sie ihm gerade einen Gefallen getan.

Der Hüne kam noch näher. Verpiss dich, habe ich gesagt!

Jakob roch sauren Atem, stand auf, ließ eine Hand auf dem Hocker. Plötzlich packten ihn von hinten Hände und schleiften ihn zur Tür. Jakob blickte in die vergnügte Visage des Hünen, als er von dessen Freunden auf die Straße geschmissen wurde. Seine Lederhose biss sich in seinem Schritt fest wie ein tollwütiger Hund.

Jakob zog sie aus, fiel dabei hin, stand auf und schleuderte die Hose gegen die Kneipentür. Die Hotpants-Sommerhut-Asiatin war wieder da. Diesmal lief sie nicht davon. Diesmal lachte sie.

10. Gottes grosse Titten

Überall klebten Zettel, waren Botschaften auf Wände geschmiert oder in Bänke geritzt.

Hast du heute schon dem Klang deines Herzens gelauscht?

Ich bin Muschi, du Kreuzberg.

Köpi bleibt!

Die Stadt spricht mit mir, dachte Jakob. Mit ihm, Jakob. Mit seinem neuen Ich hatte sie nicht reden wollen. Die Lederklamotten von seinem missglückten Auftritt als Johann Zeit am Vorabend hatte Jakob in die Mülltonne geworfen. Sich selbst konnte er nicht so leicht entsorgen.

Er drehte sich eine Zigarette, zündete sie an, schaute sich um. Aus dem U-Bahn-Eingang Kottbusser Tor kam ihm ein vielstimmiger Menschenstrom entgegen, der sich ein paar Meter weiter süßlich riechend auflöste. Es waren so verschiedene Menschen, dass sie eine uniforme Masse von Individualisten bildeten. Ein jeder strebte nach Einzigartigkeit, doch wie viele einzigartige freche Irokesenschnitte verträgt eine Stadt?

Jakob wandte den Blick ab und las auf einem Poster in Neongrün: *Deutschland, du mieses Stück Scheiße.*

Ja.

Oder eher: nein.

Jakob konnte wenig mit diesem Satz anfangen, genauso wenig wie mit all den Antideutschen und denen, die *gegen das System* waren. Teilte er ihren Hass nicht mehr – oder hatte er es nie getan? So oder so, nach seiner bescheuerten Verkleidungsaktion war es Zeit, ehrlich zu sich selbst zu sein: Jakob war kein Revoluzzer.

Sicher, er mochte Deutschland nicht besonders, den Neid, das provinzielle Gehabe, all das zwanghaft Fleißige. Vor allem mochte er nicht, was in diesem Land aus der Freiheit geworden war. Sie war so lange von Lackaffen in modisch einwandfreien Anzügen missbraucht worden, dass sie nun halb tot in einer Seitengasse lag, neben einer Mülltonne, und die Menschen eilten an ihr vorbei, um ja nicht zu spät zur Arbeit zu kommen, sonst gäbe es noch Ärger …

Andererseits meinte Jakob zu wissen: Anderswo ist auch scheiße. Deutschland war für ihn wie diese Couch, von der niemand wusste, wer sie in der Ecke des WG-Wohnzimmers platziert hatte, und die gerade deshalb nicht infrage gestellt wurde. Sie war halt da.

Was Jakob an dem Poster gefiel, war die knallige Schrift. Wenn jemand dieses Land als mieses Stück Scheiße bezeichnete, dann bitte in Neon. Im Radio hatte Jakob irgendeine Theater-Tusse mal sagen hören, es wäre nicht ihre Revolution, wenn sie nicht tanzbar sei. Das konnte er unterschreiben. Egal, was für eine Revolution gemeint war … tanzbar ging. Und Hass in Neonfarben auch.

Jakob warf seine Kippe weg und lehnte sich gegen ein Treppengeländer. Einige Meter vor ihm balgten sich zwei polnische Alkis um einen Rucksack, der neu zu sein schien und vermutlich keinem von ihnen gehörte. *Kurva*, *Kurva*, er hörte nur: *Kurva!* Der eine der beiden Alkis hatte noch alle Zähne und wirkte somit sympathischer als der andere, der es sicher nicht mehr lange machen würde. Er hatte da was an der Wange, eine Warze oder Wunde oder was auch immer.

Ein dritter Alki kam hinzu, so ein Dicker, und riss den Rucksack an sich. Dazu lachte er auch noch so dämlich besoffen. Darwinismus, live und in Farbe. Es waren keine leichten Zeiten, hier am Kotti.

Der fertigste Alki ließ sich resigniert auf den Boden fallen. Der, gegen den er gerade gekämpft hatte, ging hin und half ihm auf. Der Dicke verschwand. Mit dem Rucksack.

Jakob reichte es, er lief die Treppe runter zur U8. Ja, so war das alles. Es waren echt mal keine leichten Zeiten am Kotti.

Wirklich nicht.

Die Polizisten wurden immer dominanter und konnten all die asozialen Glücksritter doch nicht aufhalten. Die Touristen fanden das alles – selbst wenn sie darunter litten – *aufregend*. Die Bettler wurden mehr. Vielen der Angebettelten aber, *sorry, hab gerade kein Kleingeld*, ging mal *wirklich* das Geld aus.

Deutschland, du mieses …

Am Gleis angekommen schaute Jakob sich nach weiteren Botschaften um, der Dialog zwischen der Stadt und ihm musste doch weitergehen. Da war was: *… zwischen riesigen, schwitzenden Titten, so gewaltig, wie man sich die von Gott vorstellen würde …*

Jakob erkannte das Zitat und freute sich. Nur die wenigsten Menschen, die hier auf ihren Zug warteten, würden es zuordnen können, da war er sich sicher. Der Satz war aus *Fight Club*. Er war nicht so berühmt wie andere Sätze aus diesem Film.

Alles, was du hast, hat irgendwann dich …

Ist die Zeitkoordinate nur lang genug, sinkt die Überlebenschance für jeden auf null …

Der Erzähler, gespielt von Edward Norton, sagt den Satz mit den Titten irgendwann am Anfang, als er in einer Selbsthilfegruppe einen schwabbeligen Bodybuilder umarmen muss, bevor er eben einen *Fight Club* gründet und Tyler Durden alles auf den Kopf stellt. Jakob hatte den Film zwanzig Mal gesehen, mindestens, zehn Mal davon mit Ben, kein einziges Mal mehr, seit er in Berlin lebte. Seine Bahn fuhr ein.

Jakob setzte sich neben einen fettleibigen, arabisch aussehenden Mann, der ziemlich deprimiert wirkte. Die Stadt sprach wirklich mit ihm. Wenn er den Film leben würde, würde er den Dicken bei der nächsten Station an seinem wabbeligen Ohr nach draußen ziehen und ihn zwingen, sich mit ihm zu prügeln, bis nichts gelöst wäre, aber auch nichts mehr von Bedeutung. So ging doch *Fight Club*.

Jakob versuchte die verschiedenen Botschaften der Stadt zusammen zu lesen. *Deutschland, du mieses* ... die Säufer am Kotti ... *Fight Club*. Es war schon so, dass er den Film nicht mehr schaute, weil er nicht mehr an radikale Veränderung glaubte. *Fight Club* hatte so eine Kraft, weil in dem Film nicht einfach nur ein Versager sein Leben umkrempelt, sondern weil er sich anschließend daranmacht, die gesamte Ordnung dieser Welt hochzujagen. Der Einzelne befreit sich selbst, um alle zu befreien.

Johann Zeit war nicht so. Zumindest hatte Jakob ihn nicht so entworfen. Er war von der Durchschlagskraft und seiner Aura vergleichbar mit Tyler

Durden, aber er wollte nicht die Gesellschaft zerstören. Johann Zeit sollte nur Jakob Ziegler berühmt machen. Vielleicht lag es ja an diesem kleingeistigen Auftrag, dass er mit zerrissener Hose vor der Kneipentür gelandet war statt im Bett der Steineschmeißerin.

Jetzt, da er Johann Zeit erfunden hatte, wollte Jakob *Fight Club* wieder sehen. Vielleicht sollte er es wie früher machen: einen Joint anzünden, Play drücken, eine schwarze Decke über den Fernseher und seinen Kopf stülpen und sich selbst eine Gehirnwäsche verpassen.

Die Bahn hielt. Der Dicke stieg keuchend aus. Jakob folgte ihm nicht.

Natürlich ging es nicht darum, *Fight Club* nachzuspielen oder die Ideen wörtlich zu nehmen. Der harte Protagonist, Tyler Durden, wollte nicht, dass etwas bleibt, er wollte wirklich alles verändern. Kein Wunder, dass *Fight Club* als *astreiner Pop-Faschismus* bezeichnet wurde, wie Jakob vor Jahren einmal gelesen hatte. Es stimmte schon. Eine Horde Männer verändert die Dinge mit Gewalt. Wer nicht mit ihnen ist, kriegt seine Eier abgeschnitten. Trotzdem konnte Jakob nicht aufhören, etwas in dem Film zu sehen, das er nicht anders beschreiben konnte als mit: *Aufbruch*.

Der namenlose Erzähler in *Fight Club* bildet sich ein, den Übertypen Tyler Durden getroffen zu haben, der sein Leben auf den Kopf stellt und dann die ganze westliche Konsumgesellschaft hochjagt … dabei leidet der Erzähler an einer multiplen Persönlichkeitsstörung, ist tagsüber er selbst und nachts Tyler Durden. Es wäre zu schön, Johann Zeit könnte sein Tyler Durden sein, dachte Jakob und wollte sich bei diesem Gedanken gleichzeitig selbst beglückwünschen und eine reinhauen.

Aber im Ernst … eine multiple Persönlichkeitsstörung wäre auch für ihn eine Möglichkeit. Das war eine bescheuerte Idee, schon klar, sogar eine neurologisch auffällig bescheuerte Idee, aber wenn er sich vorstellte, nachts als Johann Zeit um die Häuser zu ziehen … war es möglich, sich für eine multiple Persönlichkeitsstörung zu entscheiden? Oder konnte er schon deshalb keine entwickeln, weil er bewusst darüber nachdachte?

Die U-Bahn hielt. Jakob atmete durch. Hatte er seine Station verpasst? Wo wollte er überhaupt hin? Er wusste es nicht. Ganz im Ernst: Er wusste es wirklich nicht.

11. Der letzte Schatz

Die meisten alten Arbeiten Jakobs hatten Abnehmer gefunden, in seinem ersten Jahr in der Stadt, in *seinem* Jahr. Das Geld war schon lange aufgebraucht.

Jakobs Bild von dieser Zeit war so verblichen, dass ihre hellsten und dunkelsten Momente zu einer grauen Vergangenheitsmasse verschmolzen waren. Grau, alles war grau: die Erinnerung, die Aussichten und Jakobs Arbeiten sowieso. Egal, wie sehr er sich anstrengte, von seiner Obsession für diese Farbe kam er nicht los. *Der junge Ziegler lebt seinen Grau-Fetisch im Reich des Ungefähren aus*, hatte ein Kritiker einmal über Jakob geschrieben. Dieser Satz ging ihm nicht aus dem Kopf.

Jakob zog unter seinem Bett eine Kiste hervor. Seinen Schatz, seinen letzten Schatz. Es war eine Bilderserie, die er noch niemandem gezeigt hatte.

Er zog eine zufällige Arbeit heraus und betrachtete sie. *Wiedergabe 7*. Ein Mensch in der Gestalt eines Goldfisches blickte durch ein Aquarium, in dem kleine Menschlein nach Luftbläschen schnappten. Über dem Fischmensch war ein Angelhaken angedeutet. Das Bild hatte einen Rotstich.

Für diese Serie hatte sich Jakob bewusst von Grautönen verabschiedet. Er wollte keinen Nebel mehr malen, keinen Dunst, keine trüben Dämpfe.

Jakob ging die anderen Arbeiten durch und blieb bei einer hängen: *Wiedergabe 4* zeigte in gelblichen Tönen eine Videokamera mit Händen, Füßen und dem roten Record-Knopf als Nase, die einen kleinen schreienden Mann im Anzug vor sich hertrug. Die Kamera bewegte sich seitlich schräg ins Bild.

Eine glückliche fünfköpfige Familie, mit anhänglichen Kindern und einer Mutter, die Butter auf Kekse streicht.

Jakob lehnte das Bild gegen die Wand, ging einige Schritte zurück. Je länger er es betrachtete, desto heftiger nickte er. Vor allem gefiel ihm, dass er einige Details, wie die Augen des Liliputaners, penibel ausgearbeitet und andere, wie die Kinder, mit groben Strichen aufs Papier geworfen hatte.

Neue Bilder für alte Gefühle finden. Darum ging es doch, um nichts anderes.

Die ständig verfügbaren technischen Geräte, die eine durchgehende Aufzeichnung des eigenen Lebens ermöglichen, die waren neu … die Möglichkeit, sein Leben in das eigene Multimedia-Museum zu stellen, noch während es passierte. Aber das Gefühl dahinter hatten Menschen auch früher schon.

Oder wie sollte sich ein mittelalterlicher Thronfolger gefühlt haben, der nach festgelegter Etikette mit einer für ihn bestimmten Prinzessin anbandeln sollte? Er konnte sein eigenes Leben doch auch schon an den Wänden in den Gemächern seines Vaters nachschauen, wo Bilder von dessen Heldentaten hingen. Von ihm wurde erwartet, alles so zu machen wie seine Vorfahren. Er sollte nicht leben, sondern nur für Kontinuität sorgen.

Selbst die einfachen Leute, Bauern und Handwerker, mussten ihr Leben betrachten, in den Gesichtern ihrer eigenen Eltern war es abzulesen, denn aus diesem Leben auszubrechen war so gut wie unmöglich. Es ging also um neue Worte für bekannte Gefühle. Und damit auch um Wahrheit.

Die lange Zeit, die Jakob seine Arbeiten nicht mehr betrachtet und auch nicht mehr über seine Malerei nachgedacht hatte, schien nun einen erhellenden Effekt zu haben. Er betrachtete den Mann, der von der Kamera mit roter Record-Knopf-Nase getragen wurde, und konnte es in seinem Kopf formulieren: Er war schlichtweg gegen den gemeinhin akzeptierten Glaubenssatz der modernen Kunst, deren Aufgabe es irgendwann geworden war, viele Wahrheiten gleichzeitig auszustellen, *die Multidimensionalität der*

Wahrheit begreifbar zu machen, wie es in den Katalogen so neunmalklug hieß.

Die Wahrheit war ein linkisches Biest, aber Jakob wollte sich für sie entscheiden, ihr huldigen. Wenn Menschen, statt vom Steg in den See zu springen, Fotos davon machen ließen, wie sie vom Steg in den See sprangen, wenn sie erlebten, nur um zu teilen, entfernten sie sich vom Augenblick. Das hatte er mit den Arbeiten dieser Serie sagen wollen. Es war nicht die finale Wahrheit aller Wahrheiten, aber es war eine. Das alles konnte nicht eins zu eins so in einen Katalog geschrieben werden. Aber es konnte so sein.

Jakob drehte eine Zigarette, zündete sie an. Was wäre, wenn er mit all diesen Arbeiten gar nichts gemeint hätte? Wenn er keine *differenzierte Position* vertrat, wie Severin es immer eingefordert hatte?

Jakob glaubte nicht daran, Kunst zu dekonstruieren, indem er den Prozess ihrer Schöpfung thematisierte und seine Arbeiten im Augenblick ihrer Betrachtung zur freien Entfaltung bestimmte. Er wollte, dass die Betrachter seine Bilder und deren einfache Botschaft verstehen, aber gleichzeitig einen unergründlichen Sinn hinter seinem Schaffen vermuteten, eine zweite Ebene, der näher zu kommen ihnen trotz intensiver Beschäftigung mit seiner Position, welche auch immer das sein mochte, niemals gelingen würde. Jakob gestand sich ein, als Künstler ein Konterrevolutionär zu sein.

Er würde nie irgendwelche Eisenstangen ausstellen, wie so ein chinesischer Dissident, Eisenstangen, die erst zu Kunst werden, weil eine Tafel daneben erklärt, dass sie von einem eingestürzten Waisenhaus stammen und somit ein Symbol politischen Versagens sind. Kunst, die erst durch irgendwelche danebenhängenden Täfelchen zu solcher wird, war nicht Jakobs Fall.

Ja, es ging ihm um Wahrheit. Aber um eine Wahrheit, die ästhetisch verarbeitet und damit herausgearbeitet wird und nicht plump zur Schau gestellt.

Jakob lief in die Küche, drehte den Wasserhahn auf und hielt seinen Kopf minutenlang darunter.

Das Wasser rauschte noch durch ihn, als er längst ins Atelier zurückgekehrt war und die zwölf Arbeiten in ihrer Kiste verstaute.

Als er damit fertig war, klingelte es an der Tür.

12. Am Berg

Jolanda kam. Sie verbrachten die Nacht miteinander.

Am nächsten Morgen stand Jakob auf – und trat in ein benutztes Kondom. Ekel durchfuhr ihn. Nur gut, dass es von ihm war. Die Gummimasse haftete an seiner Fußsohle. Er zog das Kondom ab und warf es in den Müll.

Jakob blickte sich um. Sein Atelier. Diese Weite. Es war wirklich absurd groß für ihn alleine, für den Maler, der nicht malt. Es war wie eine Prärie, und wenn er die Fenster auf beiden Seiten öffnete, schlug der Wind hindurch und die Sonne hinein.

Das Bett stand in der Mitte des Ateliers. Dorthin hatten Jolanda und er es gestern geschoben. Sie waren stoned gewesen und hatten für diese Operation wegen der vielen Lachflashs fast eine Stunde gebraucht. Dann hatten sie geknutscht, gekifft, gevögelt, rumgealbert, Zigaretten geteilt. Wie früher, wie seit Monaten nicht mehr. Es hatte sich angefühlt, als wären es gar nicht er und Jolanda gewesen, sondern vergangene Versionen von ihnen beiden.

Jolanda war aufgekratzt gewesen, ihre gleichmütige Jolanda-Laune weg. Sie hatte Jakob alles ganz aufgeregt erzählt; dass sie ein Semester Pause an der Uni machen würde, dass sie ihrem Vater erfolgreich die Stirn geboten hatte. Und vor allem: dass es ihr gelungen war, ihm die Zusicherung abzuringen, Jakob bei der *Utopian Art* aufzunehmen. Das Programm würde kurz vor Beginn ergänzt werden. Jolandas Bruder hatte protestiert, aber sie hätte nur gesagt, er solle nicht mit vollem Mund sprechen. Jolanda blinzelte hundertfach, während sie das alles erzählte.

Jakob versuchte sich an seine Worte aus der Nacht zu erinnern. Grandios sei die Nachricht, unglaublich. Jolanda hatte ihn prüfend angeschaut und gefragt ob er, nun, wie solle sie es sagen, ob er diese Serie aus zwölf Bildern, von der er ihr mal erzählt habe, ob er sie *wirklich* gemalt habe. Als Jakob klar wurde, dass Jolanda den Streit mit ihrem Vater für ihn auf sich genommen hatte, obwohl sie an dessen Sinn zweifelte, war er sehr gerührt.

Jakob betrachtete die schlafende Jolanda. Sie erschien ihm im Schlaf angespannt zu sein, was er seit jeher seltsam fand, da sie wach eher schlaff wirkte, immer so, als würde sie gerade von einer Star-Wars-Filmnacht mit mindestens fünf Joints kommen.

Jolandas rechte Hand krallte sich in ihren linken Oberarm und hinterließ einen Abdruck, der erst von der morgendlichen Dusche getilgt werden würde.

Früher hatte Jakob Scherze darüber gemacht, wie *begrapscht* sich die gerade erwachte Jolanda fühlen musste, bis sie einmal gekontert hatte, dass ihre Hände ja irgendwas tun müssten, während sie damit beschäftigt sei, Jakobs Schnarchen zu ertragen. Diese Bemerkung ergab keinen Sinn, da Jolanda sich ja schlafend an sich selbst festkrallte und nicht, wenn sie wach war, aber das nützte auch nichts. Jakob hatte einen Stich gespürt. Seither sprachen sie nicht mehr über Schlaf. Sie sprachen über einige Themen nicht mehr, so viele und so große, dass sie sich zu einem Berg aufgetürmt hatten und Jakob glaubte, Jolanda hinter diesem Berg nicht mehr zu sehen.

Er traute sich schon lange nicht, sie zu fragen, was sie, außer Kaffee auszuschenken, mit sich anfangen wollte. Früher hatte es Jakob beeindruckt, dass Jolanda nicht versuchte, etwas zu werden, sondern einfach war. Während andere davon schwadronierten, eine Bar in Acapulco aufzumachen, um die tollsten Cocktails zu mischen, holte Jolanda Bier für alle – und wenn es Desperados war, machte sie noch einen Umweg für die Limetten.

Inmitten all der Selbstdarsteller, die einmal bei einer Castorf-Aufführung mitspielen wollten und dabei doch nur das Café als Bühne missbrauchten, während die meisten nicht einmal das Tagesmenü fehlerfrei aufsagen konnten, wirkte Jolanda wie der einzige echte Mensch. Sie war nicht woanders, nicht in einer angeblich für sie vorherbestimmten Zukunft, sondern da, selbst wenn sie irgendeinem Klugscheißer mit Hornbrille – *der Begriff Chai-Tee auf der Karte ist sinnlos, Chai ist Mandarin für Tee!* – sein Heißgetränk brachte und dabei die Serviette auf dem Tisch gerade rückte.

Doch es waren fünf Jahre vergangen, manche der Angeber hatten es wirklich geschafft, die meisten nicht, einige waren immerhin schön gescheitert, sie waren durch neue ersetzt worden, aber Jolanda, sie war da. Immer noch da. Jakob konnte selbst kaum glauben, dass er ihre Position zum Leben früher gut gefunden hatte. Er tat es schon so lange nicht mehr.

Zu oft musste Jakob zuletzt daran denken, wie sie sich kennengelernt hatten. Je weniger Zeit sie miteinander verbrachten, desto mehr dachte Jakob an ihre gemeinsame Vergangenheit. Als wäre das ein guter Ersatz für einen gelungenen Abend zu zweit.

Damals wohnte er noch im Strandhaus, mit Ben und Carlo. Als er eines Abends nach Hause kam, saß dort Lissy, die lustige Lissy, und sie hatte eine Freundin mitgebracht.

Jakob war angetrunken und geriet mit Lissy in einen Streit darüber, wie sinnlos es sei, als Kellnerin zu arbeiten, statt die volle Kraft in einen *erfüllenden* Job zu stecken oder in die Kunst. Lissy hatte das natürlich nicht auf sich sitzen lassen, sie ließ nie etwas auf sich sitzen, und ihn einen *Salonbolschewisten* genannt. Jakob drehte sich dann zu dieser Neuen und fragte, was sie denn so mache. Ich bin Kellnerin, sagte Jolanda und grinste. Eine Woche später waren sie ein Paar.

Es hörte sich bescheuert an, aber Jakob machte sich bewusst, dass Jolanda ihm damals als eine Art Preis erschien: Sein Preis für erbrachte Leistungen, als wäre sie etwas, das er sich verdient hätte. Der Zeitpunkt war einfach zu perfekt gewesen: eine Woche nach einer Vernissage, nach *der* Vernissage, wie er sich rückblickend eingestehen musste. Jakob musste lachen. Den hellsten Lichtblick seiner Karriere verdankte er einer Serie namens *Schattensaiten*. Er hatte schwarz-weiße Welten gemalt, die sich im inneren einer Gitarre verbargen, Bens Gitarre.

Die Gitarrensaiten warfen Schatten in Häuserschluchten und auf verloren in der Gegend herumstreunende Menschen. Jene Menschen, die an den Rand des Gitarreninneren kamen, wollten weg, aber sie konnten nicht. Sie waren gefangen ohne Ausweg. *Schattensaiten.* Es war einfach, deshalb hatte es funktioniert.

Jakob betrachtete Jolanda, ihre blassen Waden, und fragte sich, warum er sie nicht verlassen konnte. Er war schon lange nicht mehr in sie verliebt. Vielleicht liebte er sie schon zu lange.

War es das noch, Liebe?

Vielleicht fühlte er sich dank ihrer Gegenwart nur nicht so beschissen, wie das sonst der Fall wäre. Oder wollte er Jolanda nicht verlassen, weil damit die große Beziehung seines jungen Lebens hinter ihm liegen würde? Weil er danach so wäre wie alle jenseits der dreißig, die ihre neuen Partner mit Verletzungen aus vergangenen Lieben quälen?

Vielleicht ging es wirklich um Timing. Sie hatten den richtigen Moment verpasst, sich zu trennen, die vielen richtigen Momente.

Es gab diese Phase, als sie fast täglich miteinander schliefen, und dann die Phase, als Jolanda ihm immerzu sagte, mit ihm sei es so gut wie mit keinem zuvor. Jakob lief dann durch die Straßen und fühlte sich als Teil einer geheimen Loge von Männern, denen schöne Frauen diesen Satz gesagt und es ehrlich gemeint hatten.

Dann gab es die Phase, als nichts mehr ging, als er keinen hochbekam, weil er spürte, dass sie ihn nur *ranließ*. Natürlich war Sex nicht alles, aber er war sein sicherer Indikator für alles andere, vor allem, wenn er fehlte. Da hätten sie sich trennen sollen.

Der Zauber war weg, ihr Sex wurde nie wieder wie vorher, aber es gab ihn noch. Natürlich sprachen sie auch nicht mehr über Sex. Das Thema war vor langer Zeit auf dem Berg gelandet. Jakob stellte fest, dass er nicht sagen konnte, worüber sie überhaupt noch redeten.

Unschlüssig, ob er Jolanda wecken sollte oder nicht, zog sich Jakob an und ging runter auf die Straße, um Frühstück zu besorgen. Dort war sein Späti, sein *Außenkühlschrank*. Der Verkäufer, ein Libanese mit auberginefarbenen Augenringen, nickte ihm kurz zu.

Jakob nahm eine Spezi aus dem Kühlschrank, drehte sich um und stieß fast mit Ben zusammen. Als wäre er aus dem Nichts aufgetaucht, stand er vor Jakob. Ben sah aus, als hätte er im Späti übernachtet.

So seltsam Jakob es fand, Ben zu treffen, so selbstverständlich redete dieser auf ihn ein, als würden sie eine stundenlange Unterhaltung fortsetzen.

Jakob verstand nicht alles, was Ben sagte, weil dieser vor Müdigkeit nuschelte und gleichzeitig mit Zeitungen raschelte. Aber Jakob hörte heraus, dass Ben jemanden aufgetan hatte, der Johann Zeit groß rausbringen konnte.

Groß rausbringen, irgendwie klang das merkwürdig in Jakobs Ohren.

Wir sind nicht Bücherei, sagte der Verkäufer mit den Augenringen zu Ben. Der raschelte weiter mit Zeitungen, als würde der Verkäufer nicht existieren.

Okay, ich treffe deinen Mann, sagte Jakob.

Ja. Heute Abend schon, sagte Ben.

13. VORHANG AUF

Weit nach Sonnenuntergang trat Jakob auf die Straße, hinein in einen merkwürdigen Sommerregen. Riesige Tropfen, jeder einzelne groß wie ein Hagelkorn, fielen schnurgerade vom Himmel. Sie schlugen hart gegen das vom Laternenlicht vergoldete Kopfsteinpflaster. Bei den ersten Tropfen hatte Jakob sich irritiert umgedreht. Es klang, als würde der Teufel selbst hinter ihm stehen und mit der Zunge schnalzen. Jakob fing an zu rennen.

Der Steckbrief mit der wirren Auflistung von Johann Zeits Heldentaten steckte in Jakobs Jackett. Er war auf dem Weg zu seinem Treffen mit dem *Vermarktungsgenie* Dorian, wie Ben ihn genannt hatte. Ben hatte gesagt, dass Jakob Dorian sofort erkennen würde. Vom Gesicht her würde er aussehen wie geborgte zwanzig, von der Ausstrahlung her gleiche er aber einem fünfunddreißigjährigen Arschloch, das sich wie ein pensionierter englischer Deichgraf kleidet. Alles in allem ein Supertyp halt.

Manchmal glaubte Jakob, Ben hätte verzweifelter Lyriker werden sollen, Carlo erfolgloser Maler und er selbst musizierender Tischler. Wie gerne hätte Jakob den Tischler gegeben.

Bald stand er vor der Bar, in der das Treffen angesetzt war. Das musste sie sein. Das sollte sie sein. Bens Wegbeschreibungen konnten mit seinen pointierten Charakterisierungen nicht wirklich mithalten.

Drinnen war es viel zu hell. Stillleben à la Arzt-Wartezimmer verschandelten die rohen Wände, kaum jemand saß auf den billigen grünen Plastikstühlen vor billigen weißen Plastiktischen. Wie ein Schnellrestaurant, das überall auf der Welt gleich kümmerlich aussieht, dachte Jakob. Dass es sich um eine Bar handelte, bezeugte nur der hinter der Plastiktheke aufgereihte Schnaps. Jakob musste sich doch in der Lokalität getäuscht haben. Ein Werber oder Creative Director oder was auch immer dieser Typ war, besprach sich nicht inmitten so verhunzter Inneneinrichtung. Jakob hatte sich am Nachmittag noch mal mit Ben am Telefon über Johann Zeit ausgetauscht – Ben hatte versprochen, alles wortgetreu an diesen Dorian weiterzugeben. Über Dorian selbst verloren sie nur wenige Sätze.

In der Ecke entdeckte Jakob hinter einem diskutierenden Pärchen einen Mann, auf den die Beschreibung passte. Der Mann trug ein Halstuch, das rötlich war wie seine Haut, er hatte akkurat nach hinten gelegte Haare. Sein farblich nicht zu bestimmendes Sakko glich in Muster und Tonalität auf verstörende Weise der unverspachtelten Wand hinter ihm. Er las in einem Buch: *Totalitarismus im 20. Jahrhundert*. Na dann, sagte sich Jakob und trat vor.

Er schüttelte eine schwerelose Hand. Der Mann blickte kurz von seinem Buch auf. Guten Abend, ich bin Dorian, sagte er.

Jakob stellte sich vor und setzte sich.

Also fein, sagte Dorian. Er legte sein Buch in die Tischmitte, blickte auf, neigte den Kopf ein wenig und fixierte Jakobs Augen. Sie kennen den berüchtigten Johann Zeit?

Was?, fragte Jakob.

Sie haben doch nichts dagegen, wenn wir uns siezen?

Nein, ist in Ordnung.

Verzeihen Sie meinen Akzent. Ihre Sprache ist nicht meine Heimat.

Sie kommen aus England?

Schottland. Aus Perth, der ehemaligen Königsstadt Perth, um präzise zu sein. Vor der Christianisierung war Perth das Zentrum des Piktenreichs.

Jakob drehte sich eine Zigarette, zündete sie an, hielt Dorian den Tabak hin. Mit kaum wahrnehmbarer Kopfbewegung lehnte dieser ab.

Das Pärchen hinter Jakob stritt sich unüberhörbar. Sie fing jeden Satz mit *Wenn du noch einmal* an, er bat sie inständig, doch etwas leiser zu sprechen. Der Name Barbara fiel wiederholt, häufig gefolgt von *Schlampe.*

Ist Johann nun also aus Afrika zurück?, fragte Dorian.

Ist er was?

Es erscheint mir verständlich, dass Sie nicht zu viel verraten wollen, sagte Dorian und gluckste verschwörerisch.

Jakob rutschte auf seinem Stuhl hin und her. Er hatte keine Karte für diese Vorstellung gekauft, ging ihm durch den Kopf. Diese seltsame Type aus dem Piktenreich, oder wo immer der auch herstammte. Jakob hatte diese Karte nicht gekauft.

Die Bedienung kam, stellte ein leeres Glas vor Dorian, fragte Jakob nach seinem Wunsch. Er bestellte ein Bier und ihm wurde sofort klar, dass er eine Cola hatte bestellen wollen.

Dorian sagte: Als Johann desertierte und die Fremdenlegion verließ, um im Urwald eine, wie sagt man das … Begegnungsstätte zu errichten, für Waisenkinder, da glaubten die wenigsten, dass er zurückkehren würde.

Jakob schwieg.

Dorian sagte: Und selbstverständlich hat es mich, nun … erstaunt, von seiner vorübergehenden Verhaftung in Nordkorea zu hören. Kims Reich liegt nicht gerade auf dem Weg nach Europa.

Jakob murmelte: Das können Sie laut sagen. Er lachte auf. Das alles musste ein Scherz sein. Wahrscheinlich war Dorian ein Schauspieler, den Ben von irgendeiner Party kannte.

Also fein. Welcher Art genau ist Ihre Beziehung zu Johann Zeit?, fragte Dorian ernst.

Ich weiß nicht, ob ich diese Frage verstehe, sagte Jakob.

Das ist bedauerlich, sehr bedauerlich, sagte Dorian, wobei er das *dauer* in bedauerlich so überbetonte, als wäre Jakobs mangelhafte Antwort auf ewig zu bedauern.

Jakobs Verwirrung war komplett. Sein Bier kam, er nahm einen Schluck. Dorian holte ein unbeschriftetes Fläschchen aus seiner Tasche, öffnete es und kippte etwas von dessen farblosem Inhalt ins bereitstehende Glas. Jakob entschuldigte sich und lief zur Toilette.

Er drehte den Wasserhahn auf und rief Ben an. Jakob gab das Gespräch wieder und schloss mit der Frage: Wo hast du diesen Freak aufgetrieben?

Ben erklärte, dass Dorian nur spielen wolle. Der macht das immer so, der will dich testen, sagte er. Jakob hörte im Hintergrund einen vorbeidonnernden Zug, und die Stimme einer Frau.

Hör zu, ich kann grad nicht reden, sagte Ben. Das wird alles, mach einfach mit. Dann legte er auf.

Jakob ging zurück an den Tisch. Er war fest entschlossen, den Aberwitz nicht länger zu ertragen und Dorian zu erklären, worum es wirklich geht. Er wollte sich eine zweite Identität anlegen, den Mann mit allen Eigenschaften, um seine Bilder zu verkaufen und als Künstler durchzustarten. Jakob wunderte sich, dass er zum ersten Mal diesen Gedanken klar umreißen konnte, als würde er selbst nun endlich wissen, was er wollte.

Aber war das überhaupt, was er wollte?

Jakob gestand sich ein, dass er immer noch gerne Johann Zeit geworden wäre. Das war Option eins. Die Idee mit Johann Zeit als seiner zweiten Identität war halt die zweitbeste – und die beste aller möglichen. Das war schon gut so.

Jakob fiel ein Beispiel ein, an dem er dem angeblichen Vermarktungsgenie seinen Plan illustrieren konnte.

Dorian saß mit gefalteten Händen am Tisch und blickte ungeduldig zu Jakob, als der sich setzte.

Kennen Sie Andy Kaufman?, fragte Jakob.

Dorian verneinte.

Jakob erzählte ihm eine Geschichte über den Komiker Kaufmann. Im Vorprogramm seiner Auftritte gab es einen furchtbaren Sänger, Tony Clifton, der immer das Publikum anpöbelte. Die Leute liebten Clifton. Lange wusste niemand, dass er nur eine von Kaufmann gespielte Rolle war. Die Medien wurden getäuscht, die Zuschauer auch, Clifton wurde für Shows gebucht und gefeiert. Kaufmann hielt dicht, bis durchsickerte, dass er selbst Tony Clifton war. Doch er gab nicht auf, sondern steckte einen Freund in die Verkleidung von Clifton, um gemeinsam mit ihm aufzutreten. Die Verwirrung war komplett. Jakob kannte diesen komischen Kaufmann aus einem Film, *Der Mondmann*, aber das verschwieg er Dorian lieber. Die Geschichte stand für sich.

Sie wollen ein Alter Ego erschaffen, das Ihnen den kommerziellen Erfolg bringt, sagte Dorian nachdenklich.

Jakob nickte.

Dorian sagte: Also fein. Ich verstehe nicht, was diese Idee mit unserer Konversation zu tun hat. Johann Zeit ist nach fünfundzwanzig Jahren im weltweiten Untergrund bereit, an die Oberfläche zu kommen und seinen Kampf für Ästhetik und Gerechtigkeit offen zu führen. Ich weiß nicht, ob er Kapazitäten finden wird, Ihnen beim Verkauf Ihrer Arbeiten zu helfen. Zumindest nicht in nächster Zeit. Ich meine zu wissen, dass er erst etwas Action braucht. Furore. Die Menschen müssen Mr. Zeit kennenlernen. Danach wird er Ihnen sicher mit Ihren Bildern helfen, lieber Jakob.

Jakob war perplex. Er nahm einen großen Schluck Bier. War dieser Dorian übergeschnappt? In dessen Gesicht war die Antwort nicht zu erspähen. Er schaute ernst, seine kleinen Augen blickten konzentriert unter den kaum vorhandenen Augenbrauen.

Die Bedienung kam. Dorian bedeutete ihr, sie solle sich zu ihm runterbeugen, und flüsterte ihr ins Ohr. Zu Jakob gewandt sagte er: Ich habe mir erlaubt, für Sie ein weiteres Bier zu bestellen. Es scheint Ihnen so vorzüglich zu schmecken.

Jakob hörte eine Hand auf einen Plastiktisch schlagen, er drehte sich um. Dem Pärchen hinter ihnen gingen die Worte aus. Der Typ atmete durch, versuchte der Frau zärtlich die Wange zu streicheln. Sie wandte sich ab, war den Tränen nahe.

Unvermittelt tauchte die Bedienung auf und sagte dem Typen, dass ein Anruf für ihn auf dem Bartelefon eingegangen wäre. Er schaute sie entgeistert an. Sie präzisierte, dass eine Barbara ihn mobil nicht habe erreichen können und es deshalb auf diesem Wege versuche. Es sei wohl dringend.

Was soll der Scheiß?, fragte der Typ.

Seine Begleiterin stand auf, sagte bestimmt: Jetzt reicht's.

Und ging.

Der Typ starrte die Bedienung an, zornig. Sein Blick sprang zur zufallenden Tür. Er lief hinterher.

Na fein, sagte Dorian, ohne dieses Geschrei können wir uns viel besser unterhalten. Jakob nahm einen großen Schluck Bier. Mit Dorian war definitiv etwas nicht in Ordnung. Ben hatte diesem Psychopathen eine falsche Idee davon vermittelt, was geplant war. Was angesichts des unklaren Plans nicht verwunderte. Nur auf diese Inszenierung hatte Jakob keine Lust mehr. Er überlegte, einfach zu gehen.

Der Mann mit allen Eigenschaften, sagte Dorian, jedes einzelne Wort betonend, es war dieser Claim, der mich überzeugt hat, Sie treffen zu wollen.

Woher kennen Sie Ben überhaupt?, fragte Jakob.

Dorian sagte: Er hat einen runden Holztisch für mich gefertigt, Ritter der Tafelrunde, so etwas in der Art. Ich habe ihn als fordernden Menschen genossen, der andere lässt. Dorian nippte an seinem Glas, in dem ein einsamer Wasserschluck auf eine Kehle wartete. Er fuhr fort: Ben versteht es, seine eigenen Vorstellungen durchzusetzen und gleichzeitig dem Auftraggeber das Gefühl zu vermitteln, alles wäre exakt nach dessen Wünschen verlaufen.

Jakob wusste nicht, was er sagen sollte, also schwieg er und wartete.

Dorian trank sein Glas langsam aus. Er lehnte sich zurück, zupfte nachdenklich an seinem Halstuch, dann beugte er sich über den Tisch. Noch bevor Jakob seine Hände wegziehen konnte, umklammerte Dorian sie mit seinen, fixierte Jakobs Blick und sagte: Johann Zeit, der Mann mit allen Eigenschaften. Das ist famos. Wir können das durchziehen. Wir können das – wenn wir ihn groß anlegen. Kontrovers, politisch, postideologisch. Johann Zeit Superstar.

Jakob kam der Gedanke, dass Dorian drauf war. Nicht auf Drogen, sondern auf etwas Stärkerem. Er hatte bei seinen letzten Sätzen dieses flatternde Leuchten in seinen Augen, wie der Pastor einer radikalen Freikirche, der sich an seiner krankhaften Erlösungssehnsucht hochzieht und darüber in Trance gerät. Jakob löste seine Hände aus Dorians, die ganz Frauenhände waren, als hätten sie nie mehr als einen Regenschirm getragen.

Jakob bedankte sich bei Dorian. Er sagte, dass er sich alles durch den Kopf gehen lassen würde. Er holte den Steckbrief aus seinem Jackett und schob ihn langsam zu Dorian hinüber. Er ließ den Steckbrief los, nahm ihn jedoch gleich darauf wieder an sich und schrieb die Zugangsdaten für die Profile in allen sozialen Netzwerken drauf, bei denen er Johann Zeit angemeldet hatte. Dann überließ er ihn endgültig Dorian, der sich bedankte und seine Freude über mögliche weitere Treffen verkündete. Er schlug sein

Buch wieder auf und vertiefte sich in die Gräueltaten eines vergangenen Jahrhunderts.

Jakob erhob sich und stellte fest, dass die zwanzig Minuten mit Dorian ihm vorgekommen waren wie Stunden. Er hätte in diesem Moment nicht mehr sagen können, worüber sie gesprochen hatten. Sein Kopf stotterte im Leerlauf.

Jakob ging hinaus auf die Straße. Unweit der Bar saß der Typ von vorhin auf einem Treppenabsatz. Er rauchte. Seine Freundin war nicht zu sehen, irgendeine Barbara auch nicht. Jakob lächelte dem Typen aufmunternd zu. Der schleuderte einen missmutigen Seitenblick zurück. Von seinen Haaren tropfte es. Der Regen musste gerade aufgehört haben.

14. Das Interview

Johann Zeit empfängt in einem verlassenen Bergwerk, irgendwo in Deutschland. Wo genau, muss geheim bleiben, das war Vorbedingung des Interviews. Geheim ist ohnehin ein gutes Stichwort bei Johann Zeit, einem Künstler, dessen Existenz ein einziges großes Geheimnis ist. Unter verschiedenen Namen hat Zeit die Welt erkundet und Geschichte geschrieben. Sagt Johann Zeit. Dabei wissen nicht einmal alle Szenekenner von ihm. Dass diese Zeitung sich entschieden hat, einem Künstler, bei dem nichts sicher und bewiesen scheint, eine Plattform zu geben, hat einen Grund. Zeit hat uns Vorbereitungen für eine politische Protestaktion gezeigt, die – falls sie wie geplant stattfindet – wohl zu den aufsehenerregendsten in der deutschen Geschichte zählen wird. Wo sie stattfinden wird? Worum es geht? Natürlich streng geheim. Wie auch das Aussehen von Johann Zeit, der beim Interview eine Maske trägt. Zeit ist gut zwei Meter groß, er spricht mit dunkler, klarer Stimme und kaum einzuordnendem Dialekt. Auf Gesten verzichtet er völlig. Ein Gespräch mit einem Phantom.

Von Tina Kammer

Herr Zeit, gibt es Sie wirklich?
Wir sitzen uns gegenüber. Wir sprechen miteinander. Wie wirklich wollen Sie es haben?

Sie tragen eine Maske. Außerdem verwundert es doch sehr, dass Ihr Name vielen unbekannt ist, wenn Sie nach eigener Aussage der weltweit bedeutendste Künstler der vergangenen zwanzig Jahre sind.
Ich habe viele Namen. Bei meiner Reise aus dem Untergrund an die Oberfläche heiße ich Johann Zeit. Mein Name ist Johann Zeit.

Wollen Sie uns verraten, wofür er steht und wie Sie auf ihn gekommen sind?
Nein.

Der Grund dafür, dass wir dieses Interview abdrucken, ist der Plan für eine beeindruckende Protestaktion, an deren Vorbereitung Sie uns haben teilnehmen lassen. Können Sie etwas über diese Aktion erzählen?
Keine Protestaktion. Es ist eine Intervention. Protestaktionen sind tot, genauso wie Demonstrationen. Nervöse Zuckungen der Konsumgesellschaft. Nike und Adidas haben wütende Ghetto-Gesichter vor Jahren als Hintergrund für Werbekampagnen entdeckt. Der Schuh bist du, das Blag in Bangladesch

näht den Schuh, es verreckt, du ziehst den Schuh an und demonstrierst gegen die Ausbeutung der Dritten Welt.

Ihre Intervention wird anders sein?
Ich kann nichts verraten. Nur dass sie Parallelaktion heißt. Und dass es groß wird.

Können Sie uns dann vielleicht etwas über den Menschen Johann Zeit verraten?
Ich habe die letzten Jahre in Nordafrika verbracht und meinen Beitrag zum Arabischen Frühling geleistet. Vorher war ich in Uganda. Dort habe ich im Dschungel eine Begegnungsstätte für traumatisierte Kinder errichtet. Meine Stationen waren Kolumbien, Russland, Nordkorea, unter anderem. Die Menschen kennen mich, sie wissen es nur nicht. Doch ich spreche nicht gerne von früher. Erinnerungen sind eine Ausrede dafür, nicht den Moment zu leben.

Wieso haben Sie sich nun entschieden, aus dem Untergrund aufzutauchen?
Sind Sie blind?

Wie bitte?
Wer gesehen hat, wie die Ungerechtigkeit und die Gier gewachsen sind, und fragt: Warum jetzt?, hat es nicht begriffen. Wir leben in einer Zeit nach der Zeit. Alles wird relativiert, zu allem gibt es so viele Meinungen, bis nur ein Schulterzucken bleibt. Was wir brauchen, ist die Eskalati-

on. Die explosive, zornige Eskalation.

Die Vorbereitungen, welche wir begleiten durften, müssen eine Menge Geld gekostet haben. Sind Sie ein reicher Mann?
Ich bin nicht reich. Ich bin ein armer Schlucker mit viel Geld.

Woher nimmt ein armer Schlucker seinen Reichtum?
Das Geld liegt auf der Straße. Wir leben nur in einem System, das Menschen indoktriniert und verhindert, dass sie es nehmen. Wir darben in einer Zeit der falschen Güte.

Wieso haben Sie so viele Jahre im Untergrund verbracht?
Der erste Schritt ist, alles aufzugeben, um die Freiheit zu haben, alles zu tun. Diesen Schritt bin ich vor vielen Jahren gegangen. Der zweite Schritt ist auf diesen Ruinen des Nichts ein Feuer zu entzünden. Eines, das ewig brennt, das den Alltag ästhetisiert und jeden Schritt zum Sprung erhebt.

Das ist sehr pathetisch. Haben Sie keine Angst, dass Ihre Aussagen abgedroschen klingen?
Redewendungen als ausgelutscht zu bezeichnen dient der Kolonisierung des Geistes. Lebe diesen Tag, als wäre es der letzte! Wenn man diesen Satz zu häufig hört, tötet man ihn. Und damit seine Idee. Schon ist da wieder das Hamsterrad, das von

innen aussieht wie eine Karriereleiter. Lebe diesen Tag, als wäre es der letzte! Ich habe diesen Satz zwanzig Jahre lang jeden Tag gelebt. Deshalb fühle ich mich stark genug, um wiederzukommen. Die Unterdrücker können mir nichts anhaben.

Ihr Sprachduktus erinnert an den Anarcho-Bestseller Der kommende Aufstand der nicht identifizierten Autorengruppe Unsichtbares Komitee. Wir haben auch in zahlreichen Forumsdiskussionen gelesen, dass Sie einer der Autoren sind. Stimmt das?
Nächste Frage.

Sie bezeichnen sich selbst als Künstler, agieren aber überwiegend politisch. Haben Sie ein künstlerisches Ideal?
Ich bezeichne mich nicht, Sie machen es. Kunst ist für mich alles, was schmerzt.

Nach gängiger Vorstellung ist Kunst etwas, das keinen praktischen Nutzen hat und der Anregung des Geistes dient.
Nach gängiger Vorstellung ist eine krumme Gurke minderwertig, wird aussortiert und weggeschmissen, bevor sie ins Supermarktregal darf. Sie hat keinen praktischen Nutzen. Bei einer krummen Gurke denke ich an eine Granate im Maul der Selbstgerechten. Sie regt also meinen Geist an. Ist eine krumme Gurke Kunst?

Eine letzte Frage. Wenn Sie nur maskiert auftreten, werden immer Zweifel bleiben, ob es Sie gibt. Haben Sie vor, sich irgendwann zu erkennen zu geben?
Erst müssen meine Taten für sich stehen. Dann zeige ich mein Gesicht.

15. Ausbelichtung

Jakob saß im Schneidersitz in seinem Atelier und rauchte. Links von ihm stand eine leere Umzugskiste, rechts eine fast leere – er zog aus und nur vier Kippenstummel kamen mit. Das hatte was. Jakob saugte an seiner zerbröselnden Zigarette, fühlte Tabak in seinem Mund, blies den Rauch in die Mittagshitze. Es kratzte. Verdammt noch mal.

Sein Auszug war schon eine bescheuerte Nummer. Eine bescheuerte Nummer in einer Umzugskiste. Er musste sich zusammenreißen. Vier war sowieso eine komische Zahl. Jakob spuckte den Tabak aus und rauchte weiter. Kurz darauf lagen fünf Kippenstummel in der rechten Kiste. Es ging voran.

Jakobs Sachen wanderten in Bens und Carlos Keller. Wohin es ihn selbst zog, wusste er nicht. Er konnte bei Jolanda oder in seiner alten Bude bei Ben und Carlo schlafen oder überall dort, wo es ihn hintrieb.

In der Regalwand vor ihm lagen Gegenstände, die Jakob eigenartig fremd vorkamen. Telefonbücher aus mehreren Dutzend Kleinstädten, alphabetisch sortiert, von Aalen bis Zittau. Ein Korb mit Pinseln, deren Borsten so hart waren, dass sie Nägel in Wände zwingen könnten. Ein Ausbelichter. Wofür hatte Jakob ihn damals während des Studiums besorgt? Er glich einer überdimensionalen Tischlampe, die Bilder von Negativen auf Fotopapier überträgt. So sehr Jakob auch darüber nachdachte, konnte er seinem Kopf nicht entreißen, welche Technik er hatte anwenden wollen. Es war ihm um die Verbindung zwischen fotorealistischer Malerei und abstrakter Fotografie gegangen, das wusste er noch. Aber welche Idee genau da vom kreativen Zwang seiner Universität erdrosselt worden war, ließ sich nach all den Jahren nicht mehr rekonstruieren.

Jakob dachte ungern an sein Studium. Er trug damals eine Exmatrikulationsbescheinigung in der Tasche seines Trenchcoats mit sich herum, die zu unterschreiben er sich nicht traute. Alleine dieses Wort machte ihm Pickel: Exmatrikulationsbescheinigung. Er wollte sein Studium abbrechen und sich selbst am liebsten gleich mit. Wenn er nur gewusst hätte, was sich unter dem brüchigen Ast befand, auf dem er saß, hätte er es getan. Ihm kam der Gedanke, dass er einem neurotischen Physiker glich, der sich nach einer genialen Erfindung in seinen eigenen Kopf zurückzieht – nur dass Jakob den Teil mit der genialen Erfindung leider ausgelassen hatte.

Dennoch malte er, malte seine Bilder, mit mehr Grautönen als je zuvor, er wollte dem Grau etwas abtrotzen, das nur er darin sah. Er malte weiter, diese seine verdammten Bilder, die noch nicht einmal jemand unbeachtet liegen lassen konnte, weil er sie keinem zeigte. Er malte aus einem unbestimmten Impuls heraus. Hätte er damals aufgehört, wäre er erledigt gewesen, das war ihm heute klar.

Jakob vermisste dieses Gefühl verflossener Tage, diese schiere Sicherheit, dass alles von Bedeutung erst noch vor ihm lag. Es war damals alles so … nein.

Unsinn.

Es war damals nicht alles leicht gewesen. Die Vergangenheit ließ sich nur im Dunkeln fixieren. Jegliche Ausbelichtung scheiterte. Jakob hatte weite Teile seiner Studienzeit haltlos deprimiert verkifft. Es tat ihm nicht leid. Vielleicht ein bisschen.

Jakob hörte ein Glas zerplatzen. In der Küche.

Noch eins! So viel Glück verträgt ja keiner!, rief Ben von dort. Jakob sagte nichts.

Ja. Es ist nicht *alles* scheiße gewesen. Er hatte in dieser Zeit Ben kennengelernt. In einer holzgetäfelten Kneipe in der Altstadt von Düsseldorf, einem Wurmloch in die Achtzigerjahre, hatte Jakob diesem Typen zugehört, der ihm von seiner Alternative-Rock-Band *Phantasire* erzählte. Der Typ trank Hennessy und Jakob zahlte. Hennesy, weil er den auch am Vorabend getrunken und dabei irgendwas angestellt hatte, weshalb eine nahezu ausverkaufte Tour abgesagt werden musste. Seine Band machte offiziell eine Pause, erzählte dieser Typ. Dann reichte er ihm die Hand und sagte: Ich bin Ben. Du kennst mich bestimmt von MTV.

Ben trank an diesem Abend Hennessy, um sich zu erinnern, was er am Vortag *auf Hennessy* angestellt hatte. Er kam sich schon ziemlich brillant dabei vor.

Es war verrückt, dass sie sich noch kannten. Wenn Jakob jetzt darüber nachdachte, hatte Ben wenig dafür getan, die Freundschaft zu erhalten. Selbst als er nach Berlin ging und Ben zunächst nach Hamburg, bevor sie in Berlin zusammen ins Strandhaus zogen, hielt er den Kontakt aufrecht. Da hatte Ben noch Musik gemacht, selbst wenn niemand sie hören wollte und das Comeback von *Phantasire* nie zustande kam … es war einfach Musik.

Ben kiffte und fickte und machte und ließ sich nichts sagen, von keinem. Es machte Jakob traurig, wenn er daran dachte, dass Ben heute von anderen erdachte Designs umsetzte, dass er nicht mehr

Künstler war, sondern Dienstleister. Ben – der einzige Mensch, den Jakob kannte, der ein geborener Künstler war. Wenn schon Ben nicht mehr nach eigenen Gesetzen lebte, wenn er folgte, statt zu führen, dann waren sie alle verdammt.

Jakob konnte heute nicht mehr sagen, wann dieser Übergang stattgefunden hat, wann Ben sich von der Musik verabschiedet hatte, wann ihm die Aufmerksamkeit dieser ganzen vierzigjährigen Modemuttis auszureichen begann, die es zu Hause nicht mehr aushielten. Er war sich sicher, dass Ben dies abstreiten würde, wenn man ihn darauf ansprach. Das war klar.

Einmal hatte Jakob Ben sogar in Hamburg besucht. Er wusste noch, wie Ben nach kurzer Begrüßung schnell zurück zu seinem Hocker geeilt war. Dort saß er in ergonomisch ungünstiger Position, rauchte einen Joint – und schaute Fußball. Jakob war so erstaunt, dass er zunächst gar nichts sagen konnte. Ben auch nicht. Das Spiel lief ja.

Später hatte Jakob alles verstanden. Ben wollte mit seiner Fußballbegeisterung die ganzen affektierten Kunstschnösel schockieren, mit denen er irgendwo in der Schanze abzustürzen pflegte. Die Kreativmeute steckte wie überall in ihrer Endlosschleife aus Abgrenzungsversuchen fest, sie wollte nichts zu tun haben mit dem bierseligen Pöbel, der sich mit bemalten Wangen einmal die Woche Alltagsfrust von der Seele brüllte. Einige Hornbrillenträger hatten zwar angefangen, aus einer Mischung von salonfähig gewordenem Lokalpatriotismus und Pseudo-Understatement mit dem FC St. Pauli zu fiebern, doch war dieser plakativ linksalternative Verein Ben zuwider. Er entschied sich für den großen, dummreichen, niemals sympathischen Hamburger SV.

Irgendwann hatte sich Fußball auch unter Menschen ausgebreitet, die sich als ästhetisch überlegen betrachten, obwohl sie nur aus ihrer eigenen Pose bestanden. Da hätte Ben es lassen können, sich von Vernissagen zu verabschieden, weil sich sein HSV gegen *Dyskobolia Grodzisk* um den Einzug in irgendein Sechzehntelfinale balgte. Es provozierte niemanden mehr. Doch es war zu spät, es hatte Ben gepackt. Er wollte dieses Spiel wirklich sehen.

Jakob war fasziniert davon, wie unfähig Ben war, etwas mit halbem Einsatz zu machen. Er ließ nie Kraft für den Rückweg. Das musste auch deshalb anstrengend sein, weil Ben sehr vielen verschiedenen Pfaden folgte. Ben selbst schien das nichts auszumachen. Irgendwie genoss er es sogar sichtlich, auf so vielen Hochzeiten gleichzeitig zu tanzen, dass er darüber die Namen seiner zahlreichen Bräute vergaß. Ben war schon immer ein Mann vieler Talente. Vielleicht zu vieler.

Jakob hörte Schritte. Ben kam aus der Küche und riss ihn in die Gegenwart zurück. Ben hatte ein Thunfisch-Sandwich in der Hand.

Das lag da seit Tagen, sagte Jakob.

Ben antwortete: Es schmeckt auch gut durch. Er drehte sich zur Regalwand, kramte ein Foto hervor und hielt es Jakob hin. Es zeigte Jakob und Jolanda – sie mit Rastazöpfen, er gebräunt. Und verliebt. Jakob wollte das Foto nicht sehen. Es zeigte einen Moment aus anderen Tagen. Ein Urlaubsfoto, aus Holland. Vielleicht hatten sie sich schon Sekunden später in ihren ungewaschenen Haaren. Doch davon berichtete das Foto natürlich nicht.

Sag mal … warum erzählst du Jolanda nicht einfach die ganze Johann-Zeit-Sache?, fragte Ben.

Jakob sagte: Ich habe dir doch schon erklärt: Es kann nur klappen, wenn es geheim bleibt.

Ben kam näher. Und warum sitzt du seit einer fucking Stunde vor diesem Regal?

Jakob sagte nichts.

Wie immer, wenn in seinem Atelier ein Gespräch einfach erlosch, kam es Jakob so vor, als würden sich die Wände von ihm wegbewegen. Der ohnehin zu große Raum wuchs und Jakob schrumpfte in ihm. Er sagte: Wir haben doch abgemacht: erst packen, dann reden.

Ben sagte: Du packst doch eh nicht. Da können wir doch reden, oder nicht?

Jakob schaute zum Fensterbrett, wo die ausgebreitete Zeitung mit dem Interview von Johann Zeit lag. Ben begleitete seinen Blick. Ich verstehe immer noch nicht, was du auszusetzen hast. Dorian hat das in wenigen Tagen organisiert, das ist der Wahnsinn. Er riskiert etwas. Wie diese Journalistin auch.

Jakob drehte eine Zigarette. Sie hatte einen fetten Bauch und war vorne so dünn, dass er sie kaum anzünden konnte. Das war ihm ja seit Jahren nicht mehr passiert.

Ben sagte: Du musst überlegen, dass Johann Zeit nach fünfzig Stunden im Netz mehr Freunde hat als wir beide zusammen. Ich habe vorhin mit Dorian telefoniert. Bei ihm in der Agentur war ein Höllenlärm!

Jakob schwieg.

Für dich hatte Dorian auch etwas, sagte Ben. Du sollst für Johann Zeit bitterböse politische Cartoons zeichnen. Dorians Team hat Ideen mitgeschickt und du musst sie ausführen.

Wieso macht Dorian das alles?, fragte Jakob.

Was meinst du?

Na wieso wirft er sich so hinein?

Ich glaube, er findet's einfach geil. Dorian ist so ein Typ – wenn etwas tickt, dann …

Er kapert Johann Zeit, sagte Jakob.

Er ist der Entwickler. Er wirft die Höllenmaschine an.

Jakob sagte bestimmt: Johann Zeit gehört Dorian nicht.

Gehört er dir?

Ich habe ihn erfunden.

Aha. Und jetzt willst du dich mit Johann Zeit im Kopf hinter deinem Schreibtisch verstecken, oder was? Das ist doch scheiße!

Als Jakob nichts erwiderte, drehte sich Ben um und atmete betont laut ein und wieder aus. Ich sehe das so: Du hast Johann Zeit gezeugt. Ich war die Hebamme. Seine Mutter …

Seine Mutter ist die Gesellschaft, unterbrach ihn Jakob.

Furchtbar, sagte Ben. Furchtbar – aber okay. Die Gesellschaft also. Jetzt ist dieses Kind auf der Welt. Es muss spielen, sich entwickeln, all diese Sachen, du weißt schon …

Jakob schwieg. Ben nicht.

Du hast keine Ahnung, was du mit Johann Zeit machen sollst, willst aber auch nicht, dass jemand anderes etwas mit dieser Idee macht. Das ist genau dieser defätistische Schwachsinn!

Ich hab's verstanden, sagte Jakob.

Das glaube ich eben nicht, sagte Ben. Wie hast du dir das vorgestellt? Wolltest du in irgendeinem Keller

Bilder aufhängen und jedem erzählen, dass nicht du sie gemalt hast, sondern dein spektakulärer Kumpan Johann Zeit? Oder wolltest du dich als Johann Zeit verkleiden? Hast du dir überhaupt etwas vorgestellt?

Jakob schwieg.

Ben sagte: Jakob, ich bin auf deiner Seite. Aber hör auf, alles kontrollieren zu wollen. Mach es groß!

Jakob brachte es nicht über sich, Ben alles zu erzählen. Wie er sich verkleidet hatte, wie es schiefgegangen war. Dass er Johann Zeit nicht als fiktive Figur, nicht als Internet-Idee, sondern als sein eigentliches Ich wollte. Oder zumindest als seine zweite Identität. Aber Jakob gestand sich ein, dass es dafür zu spät war, die Vorlage drohte erschlagend groß zu werden. Dieser weltgewandte Revolutionär, der Journalistinnen in alten Bergwerken empfängt … Was sollte das? Es war alles zu hoch gehängt worden, nun kam er nicht mehr dran. Das musste Ben doch begreifen.

Jakob nahm sich das Interview vor. Hier!, sagte er laut. Johann Zeit antwortet … bla, bla, irgendwas … *auf diesen Ruinen des Nichts ein Feuer zu entzünden. Eines, das ewig brennt, das den Alltag ästhetisiert und jeden Schritt zum Sprung erhebt.* Jeder Schritt ein Sprung? Den Alltag ästhetisiert? In was für einem Seminar für künftige Taxifahrer sind wir denn gelandet?

Ben sagte: Dorian will nur die Latte hoch legen.

Ja, genau das meine ich doch!

Spreche ich eigentlich gerade mit dir oder mit Dorian? Hast du auch eine eigene Meinung, oder was?, fragte Jakob.

Ach, leck mich doch!, sagte Ben

Er ging in Richtung Küche, kehrte vor der Tür um, kam auf Jakob zu, sagte: Deine beschissene Unzufriedenheit. Dorian hat sich mit voller Wucht reingeworfen, egal, was für ein abgefreakter Werbefuzzi er ist. Er macht halt.

Jakob sagte: Er macht, was für ihn am besten ist.

Ben schwieg.

Jakob sagte: Du beurteilst mich die ganze Zeit und kommst selbst nicht voran.

Was, ich?, fragte Ben.

Ja, du.

Jakob spürte den Wortschwall in sich aufsteigen und konnte nicht mehr anders. Diese ganzen vorgefertigten Stühle! Du kloppst nur die Sachen von anderen zusammen! Was erschaffst du denn bitte? Ist das so geil, irgendwelche Alten auf deiner Werkbank zu vögeln, dass du sonst nichts mehr willst? Was ist mit deiner Musik?

Ben schwieg.

Jakob war noch nicht fertig.

Gibt's bald ein Comeback von *Phantasire*, ja? Seit sieben Jahren ist es aus und du sprichst davon, als würden die Jungs dich gleich anrufen. Was für ein Scheiß ist denn das bitte? Warum machst du nicht einfach selbst weiter? Warum machst du nichts?

Bens Gesicht sackte um einige Zentimeter. Seine Lippen zitterten. Er sagte: Wenn du noch dabei bist, bei Johann Zeit, zeichne die Cartoons und komm morgen um Mitternacht zu mir. Diese Parallelaktion steigt. Mit dir oder ohne dich.

Ben drehte sich weg.

Jakob fragte sich, ob er ihn nicht anschaute, weil ihm Tränen in die Augen schossen.

Die Tür knallte hinter Ben zu.

Ein Glas fiel in der Küche zu Boden.

16. Überfahrt

Jakob dachte an den merkwürdigsten Tag, den er als Fotograf erlebt hatte. Schon der Auftrag war ungewöhnlich. Er kam von Ben, oder besser gesagt: von Bens Familie. Es ging um eine Beerdigung. Allein schon, dass diese Familie einen Fotografen für eine Beerdigung zu brauchen glaubte, sagte ja eine Menge aus.

An diesem Tag wurde Jakob bewusst, dass ihre Familien nicht nur anders, sondern grundverschieden waren, gegenüberliegende Pole. Er hatte die meisten Protagonisten aus Bens Sippschaft schon zuvor kennengelernt, sie alle mussten dem Drehbuch einer Hollywood-Komödie entsprungen sein. Ein Vater mit Locken auf der Brust, die er gerne zur Schau stellte, eine hysterische Mutter, nie um einen Schluckauf verlegen, und vor allem Tante Hildegard, immer mit weißem Sommerhut, die von wem auch immer seit dreißig Jahren in einem Raffaello-Werbespot gefangen gehalten wurde. Dagegen erschien Jakob seine eigene Familie bieder, höchstens gut für ein seichtes Drama im ZDF.

Der Tote war Bens Vater. Am Tag der Beerdigung sollten sich alle schon etwas gefasst haben, denn Bens Vater war da bereits seit einem Monat tot. Er war in der Karibik gestorben. Die Überführung seines Körpers aus Martinique – quer über den Atlantik – hatte hohe Wellen geschlagen.

Bens Vater hatte sich selbst gerichtet, mit einem Gewehr, wie ein richtiger Rockstar. Er hatte Bauchspeicheldrüsenkrebs und *den Moment des Abgangs selbst gewählt*, wie Ben morgens etwas zu selbstsicher erklärt hatte, während er den ersten Fernet-Branca in sich hineinkippte.

Am Vorabend hatte Ben Jakob das Abschiedsvideo seines Vaters vorgespielt. Da war eine Jacht, eine Frau tänzelte im Hintergrund durchs Bild, da war auch pfeifender Wind, der Worte schluckte, aber Jakob verstand genug von dem, was Bens Vater sagen wollte. Was sollte jemand schon zum Abschied sagen, der seit fünfzehn Jahren kleine Boote über große Meere manövrierte. Die Entscheidung, selbstbestimmt auszusteigen, schien Bens Vater sichtbar leichtzufallen. Zu leicht. Aber so sehr Jakob auch ins gebräunte Gesicht und auf den weißen Kapitänsbart starrte – er konnte kein Opfer darin erkennen.

Sogar den Ablauf seiner Beerdigung hatte Bens Vater selbst bestimmt. Die Gäste sollten seiner gedenken und sich selbst vergessen, sie sollten tanzen. Jakob erinnerte sich noch an den Satz eines ihm unbekannten Anwesenden, der beim Anblick all der zwanghaft Tanzenden und ehrlich Trauernden mit ausdruckslosem Gesicht gesagt hatte: *Freude lässt sich halt nicht verordnen, auch nicht per Testament.*

Jakob erinnerte sich nur noch an Fragmente, aber an diese sehr deutlich, als wäre die Beerdigung erst gestern gewesen. Die Festivitäten fanden in einer Villa statt, ein Teil von Bens Familie *tut so, als wäre er reich*, wie Ben das immer ausdrückte. Jakob stand draußen und beobachtete durch die weite Glasfront der Villa Tante Hildegard. Sie lehnte sich mit knallrotem Schirmchen in ihrem Martini Rouge und farblich dazu passendem Lippenstift gegen eine vibrierende Bassbox. Ihr Sommerhut war etwas angegraut. Sie lachte sehr viel und plötzlich heulte sie. Jemand reichte ein Taschentuch. Hinter Hildegard rannten Kinder schreiend umher. Um sie herum tanzten Menschen durch den Saal, an dessen Ende ein altes Ehepaar auf einer Couch saß und synchron nach Luft schnappte. Ein Cockerspaniel lief umher. Jakob sah von draußen, wie das Hundemaul auf- und zuging, und fragte sich, ob der Hund lauter war als der Bass.

Später stand Jakob in der Küche und beobachtete Carlo, den Ben auch eingeladen hatte. Er starrte wie hypnotisiert auf einen Obstkorb. Dort lagen Birnen und Bananen und ein einziger Apfel, auf dem eine Fliege saß. Ben kam herein. Er machte sich jetzt nicht mehr die Mühe, den Fernet in ein Glas zu kippen, sondern trank ihn aus der Flasche, und er sagte zu Carlo, dass der sich bitte auch betrinken solle, sonst sei er schwer zu ertragen.

Jakob wusste nicht mehr, was Carlo darauf geantwortet hatte, aber er konnte sich erinnern, wie er Carlo später mit einem Typen sah, der ihm Gras besorgt hatte. Jakob fragte Carlo, ob er ernsthaft seinen Dealer mit zu einer Beerdigung gebracht hätte, und Carlo hatte nur erwidert: Josch ist gar kein richtiger Dealer.

An diesem Tag musste irgendwas in der Luft gewesen sein. Alle waren sie komisch. Alle.

Irgendwann traten nacheinander Menschen ans Mikrofon, die Bens Vater huldigten. Seinem großen Herzen, seiner unendlichen Lebensfreude und seiner Güte. Tante Hildegard erzählte, wie Bens Vater ein armes Mädchen von der Straße aufgelesen, ihr zu Essen und *ein Obdach* gegeben habe. Sie nannte das Mädchen eine *wohlduftende Kleine.*

Irgendein Fettsack erzählte einen Witz, der angeblich von Bens Vater stammte. Niemand lachte.

Dann trat Jakobs Galerist Severin ans Mikrofon, der Bens Vater gut gekannt hatte. Jakob war sich sicher, dass da nach der Scheidung etwas zwischen Severin und Bens Mutter gelaufen war.

Severin sprach über eine Stiftung, vom Verstorbenen auf den Antillen gegründet, um Arme und Kranke zu unterstützen. Er nannte ihn einen modernen James Cook, einen Connaisseur des Lebens … dann stürmte Ben die Bühne. Sein Hemd war aufgerissen, seine Schritte ausladend.

Er stolperte in Severin und drückte ihn beiseite. Was redet ihr hier alle? Was redet ihr nur? Eine Stiftung für die Armen, Severin, eine Stiftung für die Armen?!

Severin versuchte, freundlich seinen Arm um Ben zu legen, der drehte sich raus. Jakob stellte sich vor, wie Bens Vater gerade in seinem Grab grinste. Er hatte große Auftritte geliebt.

Ben war jetzt nicht mehr aufzuhalten.

Diese verschissene Stiftung … wieso Stiftung?! Ist euch nicht klar, dass das eine Scheinfirma war, weil er keine Steuern zahlen wollte? Und Hildegard, Hildegard, ich liebe dich, das weißt du … soll ich euch etwas über diese *wohlduftende Kleine* erzählen? Papa hat sie *mein Mädchen* genannt.

Tante Hildegard stand neben Jakob, sie drehte sich weg, ihr Mund bebte, die Tränen kehrten zurück.

Ben schrie ins Mikrofon: Er hat sie gefickt. So laut, dass das halbe Haus auf dem Kopf stand. Mama war in Therapie …, er hat …

Der Saal erstarrte, niemand bewegte sich, bis Hundegebell die Stille durchbrach. Der Cockerspaniel wedelte fröhlich mit seinem Schwanz.

Ben redete weiter, mit gesenktem Kopf, nun etwas leiser. Papa hat sein Leben lang nichts anderes gemacht, als zu saufen und rumzuhuren. Er hat sich um niemanden geschert, nicht einmal um seine eigenen Kinder. Nur eins war er nie: ein Heuchler. Ben blickte auf. Ihr verschissenen Heuchler!

Ein Onkel wollte Ben von der Bühne holen, andere hielten ihn zurück, es gab ein Handgemenge.

Als Ben weitersprach, hatte er Tränen in den Augen. Das Einzige, was Papa in der Hölle zu seiner Verteidigung vortragen wird, ist seine Ehrlichkeit – er hat nie so getan, als wäre er kein Schwein. Wenn ihr tut, als wäre er ein Wohltäter gewesen, dann … habt ihr gar nichts kapiert! Gar nichts!

Bens Stimme versagte endgültig, der Onkel eilte zur Band, holte sich Verstärkung. Zwei der Musiker kamen nun auf Ben zu, mit bedrohlich erhobenen Fäusten. Jakobs Blick fiel auf Bens Mutter, die Tante Hildegard tröstete. Bens Mutter wirkte vollkommen ruhig, wie auch immer das möglich war.

Jakob schaute auf die Menge, wie sie alle dort standen, in ihren schwarzen Anzügen, mit ihren Blumen, ihren pflichtschuldig aufgesetzten ernsten Mienen. Er flüsterte: Nur für euch macht ihr das, nicht für den Toten. Ihr macht das alles nur für euch.

Ben sprang von der Bühne und wuchtete sich durch die Menge. Jakob folgte ihm. Sie zogen los. Es wurde gesoffen.

Erst am nächsten Tag fiel Jakob auf, dass er keine Fotos von der Beerdigung gemacht hatte. Gar keine.

17. Parallelaktion

Die Parallelaktion war eine meisterlich choreografierte, dynamische nächtliche Operation. Was nicht heißt, dass sie völlig problemlos verlief. Die Mauer, die vor Jakob bei seiner Flucht vor einem Polizisten auftauchte, war so ein Problem.

Jakob hatte ein Schild übersehen, das vor der Sackgasse gewarnt hatte. Links und rechts befanden sich Wohnhäuser, deren Türen sicher verschlossen waren, hinter ihm war der Polizist. Jakob näherte sich der Mauer, der Polizist näherte sich ihm, Jakob hatte nur wenige Sekunden, um zu entscheiden.

Die Mauer war nicht allzu hoch, dennoch würde er es mit der Schablone aus Leichtmetall in seinen Händen nicht schaffen. Die Platte war zu groß und sperrig, nicht dafür gedacht, von einem einzelnen Mann getragen zu werden, doch Ben und er waren in entgegengesetzte Richtungen gelaufen, als die Polizisten sie bemerkt hatten. Jakob war zuversichtlich, dass Ben mit freien Händen die Flucht gelungen war. Er hatte keine andere Wahl: Er warf die Schablone hin. Sie schepperte über den Asphalt.

Jakob erwischte einen Vorsprung, zog sich hoch, kletterte auf die Mauer, hinter der eine Reihe von Garagen folgte.

Der Polizist war da – die Straße ansonsten bis auf eine streunende Katze ausgestorben. Die Katze zeigte an der Verfolgungsjagd kein Interesse und verschwand durch ein Kellerfenster. Der Polizist stützte sich auf seine Oberschenkel, schnaufte, richtete sich wieder auf. Sein Blick wanderte von Jakob zu der verbeulten Metallplatte mit den ausgefrästen Worten. Sie waren schwer zu lesen, weil der Asphalt als Hintergrund ungenügend kontrastierte.

> Ging ganz lange: Exportweltmeister
> liefert Chemikalien an Assad.
> Ging ganz schnell: Assad vergast
> Kinder.
> Gez.: Johann Zeit

Kommen Sie sofort da runter!, sagte der Polizist.

Jakob löste sich vom Text. Der Polizist hatte eine dunkle Stimme, klang autoritär, beinahe bedrohlich. Doch Jakob sah ihm an, dass er nicht zu den Beamten gehörte, die für einen Sprayer über Mauern klettern. Jakob drehte sich um und rannte über die Garagendächer springend davon. Als er auf der letzten Garage ankam, kletterte er herunter und gelangte über einen verwinkelten Hof auf die nächste Hauptstraße, die auch noch um diese Uhrzeit – es war kurz vor zwei – voller Menschen war.

Ein glühendes Hochgefühl ergriff Jakob. In dieser Nacht würde er nicht erwischt werden.

Ben und er hatten ihren Auftrag erfolgreich ausgeführt, auch wenn sie den Spruch wegen der aufmerksamen Staatsmacht nur viermal vollständig und einmal zur Hälfte an verschiedene Wände sprühen konnten. Jakob drehte sich eine Zigarette, zündete sie an und lief die Straße entlang, die sich vor ihm schnurgerade in die Ferne streckte, als wolle sie auf kürzestem Wege aus der Stadt flüchten. Nach einer Weile blieb Jakob an der Glasfassade einer Bank stehen, er musste schmunzeln.

> Saudi-Arabien steinigt für Ehebruch
> und hängt für Homosexualität.
> Genauso macht es der IS. Wann
> kriegt der zum Dank seine Leopard-
> Panzer?
> Gez.: Johann Zeit

Ein Obdachloser schob seinen Einkaufswagen an Jakob vorbei, hielt an, las den Spruch. Wat gibt's denn da zu lachen, doof, oder was?, sagte er unwirsch. Jakob wünschte einen schönen Abend und ging weiter.

In dieser Nacht waren viele Sprayer unterwegs, um Johann Zeits Botschaften gegen Waffenexporte in der ganzen Stadt an Wände, Mauern und Fassaden zu sprayen. Wie viele, wusste Jakob nicht genau, es mussten mehr als fünfzig sein. Dafür kannte er als Einziger von ihnen das große Ganze, während die anderen von Dorian lediglich eine einzelne Platte mit einem ausgestanzten Spruch sowie zweihundert Euro in bar für ihre Dienste bekommen hatten. Sie kannten nur ein Puzzlestück – gemäß Dorians beim Briefing vertraulich geäußerten Leitspruch, dass nicht alle über alles informiert sein müssen, sondern jeder nur die gerade für die Bewältigung seiner Aufgabe benötigte Information erhalten solle.

Jakob war dabei gewesen, als Dorian die Gruppen schwarz gekleideter Handlanger – jeweils immer nur eine Handvoll – getrennt voneinander davon unterrichtet hatte, dass sie an diesem Abend im Namen des großen Johann Zeit agierten.

Dorian wollte zunächst nicht, dass Jakob und Ben zu den ausführenden Sprayern gehören, doch Jakob hatte insistiert. Wenn er nicht selbst als Johann Zeit fungierte, dann wollte er wenigstens dabei sein. Vielleicht stimmte es, was Ben auf dem Weg vom

Strandhaus in die Stadt gesagt hatte, dass Johann Zeit keine Verkörperung nötig habe. Er musste als mythische Gestalt in die Köpfe der Menschen – mehr nicht.

Solange Jakob weiterhin Zugriff auf die Figur Johann Zeit hatte, konnte er versuchen, seine Arbeiten unter dessen Namen zu verkaufen. Sobald sie durch ihren hohen Preis aufgewertet und mit Experten-Komplimenten behangen waren, konnte Jakob die Bombe platzen lassen und sich als wahrer Urheber zu erkennen geben. Ob Dorian Johann Zeit unterwegs benutzte, um Interviews zu fingieren oder für Turnschuhe zu werben, war Jakob egal. In seinem Hochgefühl schloss er nicht einmal aus, seiner eigenen Persönlichkeit mit der Zeit doch mehr Züge des Johann zu verleihen. Wenn auch eine Verschmelzung mit einer so gewagten Vorlage wie dem Mann mit allen Eigenschaften schwierig war, musste irgendeine Art von Immersion möglich sein.

Es fügte sich alles zusammen. Jakob hatte so etwas wie einen Plan. Ja, einen Plan. Es tat gut, einen Plan zu haben.

Jakob traute sich nicht, sein Handy anzumachen und Ben anzurufen. Es war nicht ausgeschlossen, dass die Polizei eingeschaltete Telefone im Umkreis der Taten überprüfen würde. Es war sogar wahrscheinlich, denn die Slogans sollten nun in meterhohen Buchstaben auf dem Roten Rathaus, ausgewählten Kirchenmauern und sogar dem Fernsehturm prangen, dessen Spitze Jakob hinter dem Bahnhof Alexanderplatz erblickte.

Das Laufen fiel Jakob leicht, es kam ihm vor, als erleichterte eine horizontal dahingleitende Rolltreppe sein Fortkommen. Die Luft war klar, die Stadt ruhte in sich.

Jakob gestand sich ein, dass Dorians präzise Planung der Parallelaktion ihn beeindruckte. Vor allem die Idee mit der Sprayfarbe, die nach etwa vierzig Stunden von selbst verschwinden sollte. Dafür hatten alle Handlanger einen speziellen Lack als Grundierung verwenden müssen, bevor die eigentliche Farbe folgte: Nachtblau, Johann Zeits corporate colour. Es sollte verhindert werden, dass die Polizei dem Fall zu lange Aufmerksamkeit widmete, was angesichts mehrerer Hundert Graffiti an prominenten Gebäuden ansonsten wohl unausweichlich wäre. Außerdem hatten temporäre Botschaften eine ganz eigene Kraft. Sie blieben im Gedächtnis, statt ausgehungerten Kindern auf Plakatwänden gleich durch ständige Wiederholung zu Abwehrreflexen zu führen. Ja, dieser Einfall mit den temporären Botschaften war genial.

Jakob ging unter einer Brücke durch und gelangte zur Station Hackesche Höfe. Er entschied sich, auf die nächste Bahn zu warten und zum Strandhaus zu fahren. So hatten sie es verabredet, falls Probleme auftauchen sollten.

Der Bahnsteig war fast leer, einige Übermüdete standen dort und ein Arbeiter fegte den Dreck der Nacht zusammen, bevor die Tagmenschen anrückten, um das Rad weiterzudrehen.

In einer Ecke stand ein schwarz gekleideter Mann, der eine große Metallplatte notdürftig mit Plastiktüten verhüllt hatte. Es musste einer der Handlanger sein, nicht nur wegen der Platte und der Klamotten, sondern auch wegen seines nervös tanzenden Blicks. Jakob stellte sich zu ihm.

Wie ist es gelaufen?, fragte Jakob.

Was denn?, fragte der Typ. Er blinzelte unaufhörlich, Jakob hatte Mühe, ihm in die Augen zu schauen. Er präsentierte seine Hände, die mit Johann Zeits dunkelblauer Normfarbe besprüht waren. Ich war auch dabei, sagte Jakob.

Der Blinzler starrte lange auf Jakobs Hände, musterte ihn dann von oben bis unten. Jakob trug ebenfalls Schwarz. Handlanger hatten auch eine corporate colour. Der Blinzler blinzelte noch häufiger, bis Jakob glaubte, die Augen würden ihm gleich aus dem Gesicht springen. Dann schaute er wieder nach vorn zum Gleis und sagte: Nicht gut, siehste doch. Musste meine Karre stehen lassen. Die Bullen. Hab die abgehängt.

Jakob nickte. Er richtete den Blick auch aufs Gleis und musste an all die Agentenfilme denken, in denen Schlapphüte auf einer Parkbank Geheimnisse austauschen, ohne sich anzusehen. Nur die verkehrt herum gehaltene Zeitung mit Guckloch fehlte.

Meinste, dit stimmt alles?, fragte der Blinzler.

Was denn?, fragte Jakob.

Na, wat wir jesprayt haben, dit die überall Panzer verchecken und so Gasbomben und den ganzen Scheiß.

Ich glaube schon.

Is krass, oder?

Ja.

Findick auf jeden korrekt von diesem Johann-Mann, voll die Aktion.

Jakob schwieg. Der Blinzler tippte ihm an die Schulter, sagte: Ick hab den jesehn, diesen Zeit. Voll der Riese, Alter, ick sag's dir.

Woher weißt du denn, dass er es war?, fragte Jakob.

Der Blinzler sagte: Na wissen nich, aber ick hab da einen jesehn. Nich als wir die Platten jecheckt haben, vorhin erst. Is 'n Riese mit Monsterkinn, voll die Lade, Alter, hatte auch so 'ne Platte und hat jebombt. Dit war der selbst, Alter. Hundertpro.

Die S-Bahn kam.

Der Blinzler schaute sich nervös um, stieg ein und war weg.

Arme Sau, dachte Jakob.

18. Zeitlos schön

Jakob fühlte den Pflasterstein schwer in seiner Hand, zielte und ... Treffer!

Hinter ihm lachte Carlo auf. Er fiel Jakob um den Hals und stieß einen Freudenschrei aus.

Die Scheibe einer großen Standuhr war in unzählige Teile zerschellt, die nun auf dem Asphalt verteilt das Laternenlicht spiegelten. Es war eine öffentliche Uhr an einer großen, aber um vier Uhr morgens leeren Kreuzung irgendwo in Berlin, im Osten.

Jakob hatte nicht ruhen können, nachdem er von der Parallelaktion ins Strandhaus zurückgekehrt war. Ben war nicht da, Carlo schon. Also zogen sie noch mal los. Kommando Nachtmarsch. Wie jeder Nachtmarsch hatte auch dieser ein Ziel.

Jakob hatte seinen Johann dabei, Johann Zeit, im Hinterkopf, dort sollte er für heute auch bleiben, es war genug mit dem allgegenwärtigen Tausendsassa.

Carlo hatte seinen Jack dabei, seinen Jack Daniel's, er hatte auch ein entrücktes Lächeln im Gesicht. Er war betrunken, oder dicht, irgendwie selig ... Es war gut, dass Carlo dabei war. Jakob hatte immer noch nicht entschieden, wann er Carlo sein Notizbuch zurückgeben würde. Er fühlte es in seiner Manteltasche. Mit jedem Tag wog das Notizbuch schwerer.

Da ist noch eine, da ist noch eine!, rief Carlo. Er war vorausgelaufen, stand an der nächsten Kreuzung vor der nächsten Uhr, fast zwei Meter hoch, und suchte nach einem Wurfgeschoss. Seine Haare fielen ihm ins Gesicht, vor die Augen, er wischte sie weg, suchte, humpelte, trank den Whiskey aus der Flasche, wischte sich über den Mund, drehte sich, stolperte, suchte, wischte wieder Haare aus seinem Gesicht, suchte, humpelte. Jakob war von dieser Carleografie fasziniert. Carlo war wirklich so, das war nicht gespielt. Er bewegte sich nach eigenen Gesetzen.

Carlo hatte die erste Uhr eingeschmissen, kurz nachdem sie losgegangen waren. Seither hatten so einige Uhren dran glauben müssen. Jakob wurde erst in dieser Nacht bewusst, wie viele öffentliche Uhren es in der Stadt gab. Die Menschen durften nicht aus dem Takt, nicht zu spät kommen, nur nicht aufhören zu funktionieren. Uhren waren unerbittlich.

Ja!, rief Carlo.

Er hatte eine leere Bierflasche entdeckt. Sie flog in hohem Bogen an der Uhr vorbei. Zerschellte auf dem Asphalt. Carlo suchte nach einem neuen Geschoss.

Als er nichts auf der Straße fand, suchte er in einer Mülltonne. Er beugte sich über die Tonne, mit seinen fettigen Haaren, in seinem langen schwarzen Mantel, mit seiner schiefen Statur, diesem körperfettlosen Körper, er wühlte in der Tonne.

Hinter jedem Obdachlosen verbarg sich ein Carlo, eine Geschichte, ein Mann nach gescheiterter Mission. Oder einer, der es so lange nicht geschafft hatte, seine Mission zu erkennen, bis er niemandem mehr etwas bedeutete.

Carlo richtete sich auf. Er präsentierte ein Autoradio, aus dem ein Kabelgewirr entsprang, wie eine famos gescheiterte Frisur. Carlo grinste.

Während er auf die Uhr zuschlenderte, wurde Jakob bewusst, dass sein Freund nie eine normale Rolle in diesem Stück bekommen würde. Das Stück nannte sich freier Markt und kam ohne Regisseur aus, wenn auch nicht ohne Gesetze. Es wurde von einer unsichtbaren Hand dirigiert, von der noch immer viele behaupteten, sie sei die gütigste aller Instanzen.

Er selbst, Jakob, musste sich für oder gegen eine Rolle in diesem Stück entscheiden, er hatte die Wahl. Aber Carlo war schon so lange und vor allem so weit draußen, dass es für ihn kein Zurück gab. In einer Gesellschaft, in der Zeit Geld war, die Menschen nach ihrem Potenzial maß, für den Markt da zu sein, war Carlo wertlos. Diese Erkenntnis konnte lähmen, einerseits. Doch auch wenn es bescheuert war, konnte Jakob nicht anders, als darin Potenzial zu sehen. Wenn Schiffbrüchige auf einer einsamen Insel strandeten, fiel es ihnen wahrscheinlich leichter, etwas Neues aufzubauen, wenn sie ausweglos festsaßen. Es war vielleicht nicht die beste Lösung, aber Carlo machte sich nicht mehr die Mühe zu gefallen.

Das Gefühl der Überforderung, das Jakob bei so vielen als die bestimmende Kraft in ihrem Leben wahrnahm, kannte Carlo nicht, denn er hatte allen Forderungen – von wem auch immer – von jetzt bis ans Ende seines Lebens eine Absage erteilt. Sie alle waren zur Freiheit gezwungen, auf sich alleine gestellt und eben davon überfordert. Es war eine fiese Freiheit, weil sie wie ein Traumbild von einem perfekten Strand mit einem perfekten Körper vor einem perfekten Sonnenuntergang vor ihrer aller Augen hing, aber sich in Luft auflöste, wenn man wirklich nach ihr greifen wollte. Sie löste sich auf in Gelegenheitsjobs, oder in Gelegenheitslieben, die bald gegen potenziell bessere Lieben eingetauscht werden sollten. Alles möglich und nichts sicher. Es war zum Verrücktwerden. Zum Ausrasten. Oder zum Aussteigen. Carlo war ausgestiegen. Vielleicht sollte er das auch tun, dachte Jakob.

Carlo warf das Radio. Die Scheibe barst. Das Radio schlug neben Carlo auf. Von hinten kam ein Auto, es blieb mit einigem Abstand zur Kreuzung stehen.

Komm, wir hauen ab, rief Jakob.

Sie rannten einige Minuten, so schnell sie konnten. Dann gingen sie schweigend nebeneinander weiter. Jakob wusste nicht, wie er an Carlo rankommen sollte, welche Wege es gab, rauszufinden, was Carlo tun würde, wenn er sein Notizbuch zurückbekäme, mit dem, was mit *Das Gedicht* überschrieben war. So zogen sie weiter, bis sie einen großen Schornstein vor sich hatten, um den sich ein Baugerüst schmiegte.

Die dazugehörige Fabrik war schon durch Wohnungen mit loftigen Riesenfenstern ersetzt worden, aber der Schornstein, der stand noch da. Vielleicht mochten die Loftis ja Schornsteine.

Jakob überholte Carlo und kletterte voraus. Er erklomm Stufe für Stufe, es war leicht. Es war zu leicht.

Im Grunde genommen war Jakob bisher nur einmal in seinem Leben mit einer anderen Person irgendwo draufgeklettert. Und da war er derjenige gewesen, der mitgenommen worden war.

Sie waren damals täglich unterwegs, auf Achse, Gras besorgen, Unsinn machen, auf jemanden warten, der Gras besorgt. Immer war etwas los. Mit Leon war immer etwas los. Er hatte Jakob auf seinen ersten Baukran mitgenommen. Leon hatte doch tatsächlich eine Bong mitgeschleppt und in einem extra Fläschchen Wasser für die Bong. Im Führerhäuschen wurde dann gezündet. *Führerbong*, nannte Leon das.

Am nächsten Tag saßen sie bei Leon und rühmten sich ihrer großen Heldentat. Führerbong hier, Führerbong da. Dann hatte es sich ausgeführert und Leon ging zu seinem Lieblingsthema über.

Er trug sein neues Lippenpiercing, werkelte an seiner Acrylbong herum und machte sich über seinen Vater Albert lustig, den Kette rauchenden Onkel Albert. *Häuptling Rothaut*, so nannte er seinen Vater, weil der immer rot anlief, wenn er sich über einen unfähigen Mitarbeiter aufregte. Dieser unfähige Mitarbeiter war oft sein Sohn Leon.

Aus Rache machte sich Leon nicht nur über Albert lustig, er vertauschte auch Paketkärtchen in dessen Spedition. Dann bekam schon mal der Malermeister hundertfünfzig Liter rote Tomatensoße und der Pizzabäcker den Industrielack.

Jahrelang hatte Jakob geglaubt, Leon nicht zu mögen, doch das stimmte nicht. Das gestand er sich jetzt überraschend leicht ein. Diesen lauten, egoistischen Bastard, der immer eine helle Freude daran gehabt hatte, Menschen in den unpassendsten Situationen ins Wort zu fallen. Jakob hatte ihn wirklich gemocht.

Als Jugendlicher hatte er jede Chance genutzt, sich Klamotten zu borgen, die Leon für aberwitzige Beträge aus Katalogen bestellte, die in keinem Jakob bekannten Laden zu finden waren. Er wollte damals aber nicht Leon sein, sondern nur *wie* Leon.

Dann kam diese eine Nacht, in der Leon sich alle fünfzehn Minuten aufs Klo verzog. Jakob trug dessen dunkelblauen Kapuzenpulli mit dem Emblem der *Montreal Canadiens*. Trotzdem weigerte er sich, ein Päckchen für Leon abzuholen, weil der *Päckchenmann* fünf Kilometer entfernt wohnte und Jakobs Fahrradlicht defekt war, wie er steif und fest behauptete. Leon hatte ihn eine Muschi genannt, immer und immer wieder hatte er ihn angeschrien, war dann ein letztes Mal aufs Klo verschwunden, mit wirrem Blick wiedergekommen und fluchend zu seinem Auto gerannt.

Als später in der Nacht die Sanitäter und die Polizei gefahren waren, als Onkel Albert und Jakobs Mutter mit all ihren Tränen weg und sogar die Gaffer verschwunden waren, hatte Jakob den Pulli der *Montreal Canadiens* ausgezogen und neben dem Blutfleck liegen lassen.

Es war kalt gewesen, leichter Nieselregen fiel. Jakob radelte durch die Herbstnacht nach Hause. Die Landstraße glänzte im Licht seiner Fahrradlampe …

Jakob war fast oben. Carlo, bist du in Ordnung?, rief er.

Schon, hörte er von unten.

Oben angekommen setzte Jakob sich und lauschte den Geräuschen, die Carlo machte. Es waren metallische, scheppernde, unregelmäßige Töne. Als würde Carlo auch beim Klettern humpeln.

Sie saßen nebeneinander und rauchten. Berlin war ruhig. Nur der Fernsehturm am Horizont erinnerte daran, in welcher Stadt sie sich befanden.

Jakob betrachtete Carlo, der immer noch grinste, als läge ein Pflasterstein in seiner Hand und die nächste Standuhr vor ihm.

Carlo, sag mal …

Ja?

Was machst du, wenn du dein Gedicht … wenn du es nie schreibst?

Carlo schaute Jakob mit seinen fast schwarzen Augen an.

Das weiß ich nicht. Wenn ich es nicht geschrieben habe, dann bleibt noch Zeit.

Ja, sagte Jakob. Aber ich meine … wieso muss es das eine Gedicht sein? Wieso versuchst du es nicht mit etwas, ich weiß auch nicht … etwas Konstantem.

Konstant?

Ich meine, dass du nicht auf das große Ding wartest, sondern einfach machst.

Wieso machst du es nicht?, fragte Carlo.

Was?

Na ja. Du hast diesen Johann Zeit. Ihr habt doch heute gebombt. Ben hat gestern erzählt, dass ihr sprayen geht, für diesen Johann Zeit. Und Johann Zeit, das ist doch der, den ihr euch ausgedacht habt, auf dem Dach der Fontäne. Ist er doch.

Du hast das alles gehört?

Ja. Schon.

Okay, sagte Jakob. Er musste sich sammeln. Die Möglichkeit, dass Carlo damals irgendwas gehört hatte oder dass Ben ihn auf dem Laufenden hielt, war ihm nicht in den Sinn gekommen. Er hatte Ben doch gesagt, dass es nur funktionieren kann, wenn es geheim bleibt. Er war nicht sauer, aber überrascht. Auch von Carlo. Er wusste nicht, wann Carlo das letzte Mal so viele Worte verloren hatte wie heute.

Du wirst nur immer mehr zu dir selbst, wenn du versuchst, jemand anders zu sein, sagte Carlo.

Wie meinst du das?

Also diese ganze Sache mit Johann Zeit. Ich weiß, Ben ist auch voll drin, ihr macht das und so. Ihr werdet das machen. Aber malen kannst du nur als Jakob. Johann Zeit kann nicht malen.

Jakob konnte darauf nichts antworten. Sie saßen eine ganze Weile da. Sie rauchten. Viel.

Irgendwann bekam Jakob einen kleinen Anfall und umarmte Carlo. Der ließ es über sich ergehen. Machte nicht mit, wehrte sich aber auch nicht.

Dann war es Zeit für den Abstieg.

19. Auszugskiste

Der Auszug aus der Atelierwohnung war eine stümperhaft organisierte, von einem boshaft heißen Tag begleitete chaotische Operation. Obwohl die Helfer litten und nicht jugendfrei ihr Schicksal beklagten, obwohl ihre Klagen Jakob ständig umschwirrten wie lästige Fliegen, war nie jemand zur Stelle, wenn er ein Brett seiner Regalwand abmontiert hatte. Auf der wackeligen Leiter balancierte er wie ein Zirkuslehrling, der zum ersten Mal auf meterhohen Stelzen läuft und dabei seine Gleichgewichtsstörung kennenlernt.

Jakob fluchte und ließ ein Brett auf den Boden krachen. Er dachte an die Nacht der Parallelaktion, als die Metallplatte über den Asphalt gescheppert war. Die Parallelaktion war ein voller Erfolg. Die Zeitungen bekamen sich nicht mehr ein, das Netz spielte verrückt.

Jakob hörte Schritte auf der Treppe. Ben kam herein, schaute zu ihm, auf das Brett am Boden, wieder zu ihm. Ich dachte, du wärst runtergekracht, sagte er und griff die Leiter, um Jakob zu sichern. Er atmete hörbar aus.

Wo sind denn alle?, fragte Jakob gereizt.

Ben schaute zur Tür, vergewisserte sich, dass sie alleine waren, und sagte leise: Alle reden nur von der Parallelaktion. Lissy müsstest du hören … dieser Spruch war dort, dieser Spruch war da. Eine Zeitung hat alle Graffiti kartografiert, über zweihundertfünfzig haben die gezählt. Im Fernsehen sagen sie, dass einige Hausbesitzer sich so 'nen Lack beschafft haben, der die Sprüche erhält.

Jakob sprang zu Boden, wo ihn Ben, die rechte Hand erhoben, zum Abklatschen empfing. Jakob zögerte, schlug ein.

Ist geil gelaufen, sagte Ben.

Ja, sagte Jakob. Er verspürte das Bedürfnis, den kompletten Kreis der Mitwisser zu erfassen. Ben wusste von Johann Zeit, Carlo auch, Dorian natürlich, und einige Mitarbeiter seiner Agentur musste er ebenfalls eingeweiht haben. Aber sonst?

Jakob ging zum Fenster und blickte hinunter. Der Kastenwagen, mit dem Ben gewöhnlich seine Möbel ausfuhr, stand auf dem Bürgersteig und ließ wenig Platz für drängelnde Passanten.

Es war ein Tag der Sonnenbrillen und der zugefächerten Luft. Selbst gestandene Kettenraucher wie Jakobs libanesischer Spätiverkäufer qualmten gequält, als würden sie eine lästige Pflicht erfüllen, zu der es keine Alternative gibt. Bei geöffneter Beifahrertür saßen Carlo und Jolanda im Wagen, vor ihnen stand Lissy. Sie blätterte umständlich in einer Zeitung, ließ sie dann fallen, sprang umher, gestikulierte mit weit gespreizten Fingern wie die überdrehte Primadonna einer zu Recht unbeachteten Off-Bühne.

Jakob befahl sich Langsamkeit.

Er schlenderte zu seinem Schreibtisch, setzte sich und schob alles in einen bereitstehenden Umzugskarton. Sein Geburtstagsbrief an sich selbst war dabei. Er überlegte und ließ ihn im Karton liegen. Dass es überhaupt Umzugskarton hieß … er musste ein neues Wort finden, er wusste ja nicht, wohin er ging, er zog also nicht um, sondern nur aus. Jakob griff nach einen Grafitstift, strich das *Um* auf dem Karton durch und ersetzte es durch ein *Aus*. Besser so. Wo er schon dabei war, strich er auch den Namen des Möbelgiganten durch, der auf dem Auszugskarton prangte, als würde ihm alles darin gehören. Einer der Sprüche der Parallelaktion fiel Jakob ein.

> Weltweit werden 18 Kriege
> geführt. Drittgrößter
> Waffenexporteur des Planeten:
> Deutschland.

Den Namen des Urhebers ließ Jakob weg, seine Imitation der Schrift fand er gelungen. Es war Johann Zeits corporate font, wie Dorian in der Nacht gesagt hatte. Alles war bei ihm *corporate*, dieser Freak wischte sich seinen gepuderten Arsch bestimmt mit corporate ass paper ab.

Ist da jemand Fan geworden?, hörte er Jolandas Stimme in seinem Rücken. Jakob drehte sich mit dem Stift in der Hand hastig um, als wäre er beim Wildpinkeln erwischt worden. Jolanda kam näher. Jakob stand auf. Sie umarmte ihn. Er spürte ihren aufgeheizten Körper. Jolanda roch nach Mädchenschweiß, roch gut.

Ist unglaublich, oder?, fragte sie und löste sich von Jakob.

Du meinst diese Graffiti?, fragte Jakob, obwohl er genau wusste, was sie meinte. Doch er wollte sich nichts anmerken lassen. Wie war er darauf gekommen, diesen Spruch auf den Karton zu schreiben?

Ein Spruch stand direkt auf den Pflastersteinen auf der Admiralbrücke, hast du den gesehen?, fragte Jolanda.

Jakob verneinte. Dann sagten sie eine Weile nichts, bis Jakob fragte: Wie geht es dir eigentlich?

Sie zog überrascht die Augenbrauen hoch. Das machte Jakob wütend, weil es bedeutete, dass er sie sonst nie fragte.

Sie sagte: Im Café läuft es besser, als ich gedacht habe. Ich weiß gar nicht, warum ich mich so lange dagegen gewehrt habe, Chefin zu sein.

Was?

Na, ich hatte dir doch eine SMS geschrieben. Ich habe mir gestern überlegt, doch die Geschäftsführung zu übernehmen.

Musstest du das für deinen Vater machen, damit er meine Arbeiten bei der *Utopian Art* aufnimmt?, fragte Jakob wütend.

Nein, ich …, setzte Jolanda an.

Du hast dich doch so lange dagegen gewehrt.

Ja, eben!, sagte Jolanda, plötzlich ebenfalls mit Wut in der Stimme. Sie klang fremd. Wut war in Jolanda sonst nicht zu Hause.

Sie setzte sich auf eine Kiste und sagte: Manchmal glaube ich, dass mein ganzes Leben aus Trotz besteht. Letztens habe ich mir Kinderfotos angeguckt, hinter Stefan und mir stand dieser riesige Flügel. Du weißt doch, dass ich früher nie spielen wollte, egal, wie sehr Papa mich gezwungen hat?

Jakob nickte.

Jolanda sagte: Ich frage mich halt, warum ich nicht einfach gespielt habe? Dann könnte ich es heute. Ich weiß, das hört sich blöd an … irgendwie habe ich das immer so empfunden, dass ich zu allem gezwungen werde.

Wie kommst du denn jetzt darauf?, fragte Jakob.

Ich weiß, dass das blöd ist. Aber ich habe unten das Interview mit diesem Johann Zeit gelesen. Alles, was er sagt, klingt so kompromisslos. So total far out und trotzdem echt. Und dann diese Aktion, mal eben hat er die ganze Stadt vollgesprayt. Dagegen kommt man sich doch so vor, als …, also ich …, als hätte ich immer nur abgelehnt, mich auf Sachen einzulassen …

Jakob wusste nicht, was sagen, auch nicht, wohin mit sich. Er drehte eine Zigarette, zündete sie an. Sie schmeckte scheußlich. Er machte die Kippe aus und warf sie durch das offene Fenster in den Nachbarschaftsgarten. Dabei ging ihm durch den Kopf, dass er ein anderes Gespräch mit Jolanda erwartet hatte, eines darüber, warum er nicht zu ihr zog. Selbst davon anfangen wollte er auf keinen Fall. Er ging zu Jolanda, küsste sie. Sie löste sich von seinen Lippen.

Ist viel zu heiß zum Knutschen, sagte sie, nahm die Auszugskiste und schleppte sie in Richtung Tür.

Kinderschreie drangen aus dem Nachbarschaftsgarten zu Jakob. Er ging ans Fenster. Eine Horde Nachwuchsgärtner tollte herum, beaufsichtigt von der gleichen Frau wie letztes Mal. Sie trug wieder ihren violetten Morgenmantel, diesmal ohne Wollpulli.

Jakob hatte in den drei Jahren in seinem Atelier nie eine Beziehung zu seinen Nachbarn aufgebaut.

Diese Morgenmantelfrau ohne Frisur, sein Spätiverkäufer mit den ewigen Augenringen … er hatte die Menschen auf eine optische Eigenschaft reduziert. Er kannte nicht einmal ihre Namen. Die Frau schaute zu ihm hoch.

Na, Jakob, lässt du uns etwas da? Sie hielt den Kippenstummel hoch, den sie gerade einem Jungen weggenommen haben musste. Den Jungen hielt sie mit der anderen Hand fest, er wand sich und schrie.

Jakob sagte: Entschuldigung, habe nicht nachgedacht.

Sie sagte: Ja, hast du wohl nicht. Hoffentlich raucht dein Nachfolger nicht.

Mein Nachfolger?, fragte Jakob.

Sie ließ den Jungen los, steckte die Kippe in eine ihrer Morgenmanteltaschen und sagte: Ich habe den gestern hier mit dem Vermieter gesehen. Ist auch Künstler oder so. Du kennst den ja.

Wieso denkst du, dass ich ihn kenne?

Na, du hast den doch gemalt. Auf dieser Zeichnung, die die Jungs neulich gefunden haben.

Du meinst, mein Nachfolger sieht aus wie der Mann auf der Zeichnung?, fragte Jakob.

Es lief ihm jetzt trotz der Hitze kalt den Rücken runter.

Ach, ihr Künstler, sagte die Frau und lächelte.

Jakob schaute verwirrt zu dem Jungen, der sich Rotze von der Wange wischte. Die Kinder grinsten zum Fenster hoch und fingen zu singen an: Bruder Jakob, Bruder Jakob, schläfst du noch, schläfst du noch? Hörst du nicht die Glocken? Hörst du nicht die Glocken? Ding dang dong, ding dang dong. Jakob versuchte sich an einem aufmunternden Lächeln.

Er winkte der Frau zu, sie winkte zurück, er schloss das Fenster.

Jakob tigerte im Atelier umher. Irgendwann stand Lissy vor ihm. Sie sagte: Ich habe deinen Auszugskarton gesehen. Zwanzig Kriege, he?

Ja, sagte Jakob verlegen.

Lissy fing an zu reden und tat gar nicht so, als wolle sie sich kurzfassen. Sie stellte sogar die Kiste wieder ab, die sie gerade angehoben hatte. Im Netz waren Fotos aufgetaucht, die angeblich diesen Johann Zeit zeigen. Nur dass er auf jedem anders aussah, mal so ein drahtiger Typ mit Glatze, mal so ein Kokser im Pelzmantel und mal was dazwischen.

Ist wirklich egal, wie dieser Kerl aussieht, sagte Lissy. Solange er solche Aktionen macht, ist er einer von den Guten. Sie schnappte sich eine Kiste und verschwand. Jakob ärgerte sich, dass er den Spruch auf den Karton geschrieben hatte. Nur Groupies ritzen sich Songzeilen in Unterarme.

Jakob lief im Atelier umher, blieb dann am Fenster zur Straße stehen und sah, wie Jolanda und Ben sich unterhielten, ohne einander anzuschauen. Carlo war verschwunden. Jakob wusste nicht, wohin.

Viele Stunden später ging die Sonne unter, leerte sich das Atelier, glaubte Jakob an ein gutes Ende dieses Tages. Die harte Arbeit hatte allzu negative Gedanken verhindert. Er schaltete sein Handy ein, das kurz darauf klingelte. Seine Mutter.

Sie beschwerte sich, dass niemand ihre Einkäufe nach Hause trug, über die unregelmäßigen Busverbindungen im Heimatkaff, über das Wetter. Mein kleiner Egoist, sagte sie.

Stoisch hatte er seiner Mutter zugehört, bejaht, Mitgefühl signalisiert. Ich habe mir etwas überlegt, sagte seine Mutter verschwörerisch, ich möchte nicht, dass Albert es erfährt, aber … ich kann die Miete für dein Atelier übernehmen. Es ist zwar gerade eng, aber ich möchte das für dich tun.

Nein, Mama, sagte Jakob.

Aber wohin ziehst du denn jetzt, das habe ich nicht verstanden?

Ich kann bei Ben auf der Couch schlafen. Oder zu Jolanda gehen.

Ja, das wäre doch prima.

Ja, sagte Jakob.

Machst du das denn?

Ich weiß es noch nicht.

Nachdem Jakob aufgelegt hatte, spürte er Unruhe in sich aufsteigen. Er wusste wirklich nicht, wohin er ging. Er zog aus, aber nirgendwo ein. Es hätte ihn traurig machen können. Wahrscheinlich hätte es ihn bis vor einer Woche auch noch extrem traurig gemacht. Aber der dreißigjährige Jakob Ziegler würde damit fertig werden. Er brauchte diesen Tritt in den Arsch.

Wer zu bequem sitzt, ist nicht für einen Aufbruch zu haben. Noch nicht einmal für eine Berghütte. Und schon gar nicht für einen Banküberfall oder das Ende der Welt.

20. Dienst nach Vorschrift

Das Portemonnaie war leer. Jakob ging jetzt mal wirklich das Geld aus.

Wieso hatte ihn der Alte, für den er manchmal fotografierte, so lange nicht mehr angerufen, wenn seine Auftragsbücher angeblich immer voll waren? Meine mangelnde Begeisterung ist schuld, dachte Jakob, die Worte des Alten noch im Ohr. Immerzu sprach der Alte von Begeisterung, er war Begeisterungsspezialist. *Nur der Begeisterte fängt den Moment ein!* Ob Hochzeit, Kommunion oder Klassentreffen, der Alte war immer voll dabei, das musste auch der Grund sein, warum ihn alle buchten. Jakob gelang das nicht, irgendwie gelang es ihm noch nicht einmal, Begeisterung vorzutäuschen. Der Job war gut bezahlt und erforderte keine Selbstaufgabe, aber er blieb, was er war: eine Dienstleistung.

Ja, es war schon Trotz dabei, eine notwendige Form von emotionaler Gegenwehr. Aber diesen Trotz wollte Jakob sich bewahren, denn ohne wäre er als Künstler erledigt gewesen, davon war er überzeugt.

Wenn er, statt nur auf den Auslöser zu drücken, sich auf seine kleine Rolle im Glück der anderen einließ, würde all seine kreative Energie davon aufgefressen werden. Vielleicht stimmte das gar nicht. Vielleicht hätte er das alles nicht so weit von sich weghalten müssen. Aber Jakob hatte zu viel Angst davor, rauszufinden, was es mit ihm machen würde, wenn er als begeisterter Dienstleister durch die Gegend lief. Er gönnte den Menschen ihre Freude, manchmal rührte es ihn sogar, wenn gestandene Männer zum vierzigjährigen Betriebsjubiläum heulten, weil sie die erste von ihnen gefräste Schraube in einem vergoldeten Setzkasten überreicht bekamen. Er durfte diese Freude nur nicht zu nah an sich ranlassen.

Einmal wurde er für die Hochzeit einer offensichtlich wohlhabenden Familie eingesetzt. *Preußischer Landadel*, hatte der Alte gesagt. Jakob hielt das zunächst für einen Scherz. Der Tag war von Beginn an seltsam, dunkle Wolken bedeckten den Himmel über Rügen, aber es regnete nicht und es war so windstill, als hätte jemand der Welt eine Glocke übergestülpt.

Die Braut stand den ganzen Morgen über zwischen zwei melancholisch wirkenden Platanen und sah aus, als hätte sie auf eine Zitrone gebissen. Sie hatte lockige Haare und einen Nasenhöcker. Die Gesichtszüge waren ihr schon lange entglitten, während der Rest von ihr, also ihr ganzer Körper, einer in den Boden gerammten Lanze glich, steif und entschlossen. Das sah auch deshalb besonders absurd aus, weil der etwas untersetzte Bräutigam neben ihr dämlich grinste, wie ein Mann, der sich an Wiederholungen von Autorennen erfreute, der Ausländer nach dem vierten Feierabendbier als Pack bezeichnete und der alle wichtigen Lebensentscheidungen bereits getroffen wusste – und zwar von anderen.

Das böse Wort *Zwangsehe* erschien in Jakobs Kopf. Vielleicht hatte der Typ es nur beim Junggesellenabschied übertrieben, irgendeiner Stripperin mit den Zähnen das Höschen ausgezogen und nicht daran gedacht, wie schnell so etwas ins Internet wandern kann. Was auch immer es war, die Braut schwieg und weinte in sich hinein und Jakob schlich um sie herum, fotografierte und kam sich mit jeder Minute mehr wie eine Hyäne vor. Er konnte nicht einfach so tun, als würde er gelebtes Glück einfangen. Aber aufhören wollte er auch nicht.

Er ging immer näher heran, bis einzelne Tränen zu erkennen waren. Dann schraubte er ein Teleobjektiv auf und fotografierte nur die Tränen, ohne Nase, ohne Braut.

Schon auf dem Heimweg ging Jakob ein Gedanke durch den Kopf, an dem er auch heute noch festhielt:

Es war richtig von der Braut, unglücklich auszusehen. Erst wenn sie sich entschlossen hätte, neben diesem grinsenden Schwachkopf glücklich zu wirken, ohne es zu sein, wäre sie verloren gewesen. Verloren in der Familienhölle und verloren in ihrer Annahme dieses so sichtlich nicht gewollten Schicksals. So wie Jakob selbst erst dann als Dienstleister zu bezeichnen war, wenn er mehr geleistet hätte als Dienst nach Vorschrift. Wenn er, wie die ganzen Glücksritter da draußen, am Ende selber glaubte, einen Job *gefunden* zu haben, der zu ihm passte.

Der Alte hatte die Fotos durchgesehen, dann seine Brille abgesetzt und Jakob zum ersten Mal lange angeschaut.

Er retuschierte die Aufnahmen anschließend so geschickt, dass selbst die Platanen darauf heiter wirkten und Jakob gleichzeitig angewidert und beeindruckt war.

Er fragte den Alten später einmal, ob er wisse, was mit dieser Familie aus preußischem Landadel los gewesen sei. Da sah ihn der Alte zum zweiten Mal lange an und nahm diesmal nicht einmal seine Brille ab.

21. Ex

Jakob zog durch die Stadt. Mit jedem Schritt erschien sie ihm unbekannter. Zu lange hatte er sich keine Zeit genommen, sie zu erlaufen, zu oft saß er in unterirdischen Bahnen oder vollgestopften Bussen.

Er entdeckte verglaste Neubauten, in denen nie jemand zu Hause zu sein schien, sah Cocktail-Lounges, die früher Kneipen waren, und grimmig vorbeiziehende Flaschensammler, die sich vermehrt haben mussten, ohne dass er es mitbekommen hatte.

Er brauchte eine Pause.

Jakob saß auf einer Bank, umgeben vom Licht einer summenden Straßenlaterne. Er schnürte seine Stiefel auf, zündete sich eine Selbstgedrehte an, kontrollierte sein Handy. Die Ampeln schalteten auf Rot. Um Jakob herum wurde es plötzlich still.

Er befand sich unter dem Viadukt der U1. Vor und hinter ihm fuhren Autos, über ihm Züge. Er war gefangen, aber auch sicher. Sicher gefangen. Zumindest sicher vor dem Hype um Johann Zeit. Jakobs Blick wanderte nach links, zu einem Kiosk.

Von der Titelseite der BILD glotzte ihn die stark verpixelte Visage eines Typen mit großem Kinn an, anscheinend aufgenommen mit einer Überwachungskamera.

Die Schlagzeile lautete: *Wer kennt diesen Mann?*

Verdammt noch mal.

Jakob stand auf und ging. Er konnte Johann Zeit nicht entkommen. Er musste die Sache angehen.

Ben hatte versprochen, ein Treffen mit Dorian zu organisieren, konnte das Vermarktungsgenie aber nicht erreichen, weil es in London weilte. Jakob nervte, dass er ohne Dorian nicht weiterkam, doch hatte die Parallelaktion demonstriert, dass der öffentliche Johann Dorian brauchte. Jakob hatte nicht das Geld, nicht die Kontakte und nicht das Planungstalent, um Johann Zeit vor großer Kulisse auftreten zu lassen. Auf der Suche nach einem einzelnen Wort für das, was ihm fehlte, kam er auf: *Mobilisierungspotenzial.* Ja, er hatte nicht das Mobilisierungspotenzial für den öffentlichen Johann Zeit.

Jakob blieb stehen und kontrollierte sein Handy. Das historisch wertvolle Nokia 3310 war am Tag seines Auszugs auf die Idee gekommen, sich altersgerecht zu verhalten. Bei ankommenden Anrufen ging es aus, ohne anschließend den Namen des Anrufers zu verraten. SMS verursachten einen Systemabsturz, wie Jakob ihn von verseuchten Computern kannte.

Bierflaschen ließen sich damit immerhin noch einwandfrei öffnen.

Jakob ließ das Ding in eine Tasche seines grauen Trenchcoats rutschen und ging weiter. Der Trenchcoat war das charakterlich zweifelhafteste Kleidungsstück, das Jakob je gekauft hatte. Sein Atelier hatte den Trenchcoat beim Auszug wieder ausgespuckt – er war ein Portal in eine vergangene Epoche.

Bei seiner Flucht ein Semester vor Ende seines Kunststudiums hatte Jakob diesen Trenchcoat abgelegt, wie andere ihre Frisur ablegen, um neu anzufangen. Jakob hatte dieses Kleidungsstück für unglaubliche dreihundert Euro gekauft. Was hatte er sich dabei gedacht? Wahrscheinlich wollte er unsichtbar wirken, schlimmstenfalls geheimnisvoll.

Ben war es, der Jakob deshalb *Columbo* getauft hatte, weil der Fernsehinspektor genau so einen Trenchcoat trug, wenn auch nicht in Grau. Den Spitznamen hatte Jakob glücklicherweise dem Trenchcoat überlassen. Egal, wie abgedreht das klang, war es immer noch besser, als selbst Columbo genannt zu werden.

Jakob entschied, in seinem Atelier vorbeizuschauen, das nicht mehr sein Atelier war. Er musste wissen, wer dort wohnte. Einer, der so aussah wie seine Zeichnung von Johann Zeit. Entweder hatte seine

Nachbarin Wahrnehmungsstörungen oder Johann Zeit war tatsächlich in sein Atelier gezogen.

Jakob lief und lief. Die in regelmäßigen Abständen vorbeidonnernden Züge takteten die Zeit.

Er befahl sich Klarheit. Seine Verkleidungsaktion als Johann Zeit tauchte in seiner Erinnerung auf. Er erinnerte sich an seine Gedanken aus der Nacht der Parallelaktion, dort hatte er sich ja alles zurechtgeschoben: Es war unmöglich, Johann Zeit zu sein, es kam auch nicht darauf an, ihn zu verkörpern. Jakob musste lediglich dessen fiktive Existenz benutzen.

Er nahm sich vor, seine Bilderserie unter dem Namen Johann Zeit auf der *Utopian Art* auszustellen. Er fürchtete sich vor der Konsequenz dieser Entscheidung, denn damit setzte er alles auf eine Karte. Er hatte nur diese eine Serie, diese zwölf Arbeiten, seinen Schatz. Sein altes Zeug war zu Spottpreisen verkauft oder moralisch verschlissen.

Wenn der Plan scheiterte, hätte er bei der *Utopian Art* seine größte und letzte Chance vertan. Er war wohl der einzige erfolglose Künstler der ganzen Stadt, der es sich entgehen ließ, seinen Namen in den Katalog dieser Ausstellung zu bringen. Es musste klappen.

Er würde Dorian als Mittelsmann einsetzen und die Arbeiten mit einem Siegel versehen. Auf den Siegeln würde der Name Johann Zeit stehen, darunter sein eigener. Dann konnte er bei der *Utopian Art* die Siegel entfernen und den Leuten zeigen, dass die von ihnen hochgelobten Arbeiten von ihm stammten.

Ja!

Jakob holte sein Handy heraus und löschte die Nummer seines Galeristen Severin. Es war eine mickrige Tat für eine große Festlegung, aber immerhin. Eine U-Bahn fuhr vorbei. Das musste als Zeichen genügen.

Jakob ging weiter.

Schon aus der Ferne sah er, dass im Atelier Licht brannte. Jakob beschleunigte seine Schritte, ohne es zu wollen. Er bereute, keinen Schlüssel nachgemacht zu haben, damit er reinplatzen und entrüstet fragen konnte, was zum Teufel jemand Fremdes in seinen vier Wänden suchte.

Jakob klingelte. Das Namensschild war noch nicht ersetzt worden, also klingelte Jakob Ziegler auf der Suche nach Johann Zeit bei *Jakob Ziegler*.

Einmal, zweimal, nichts passierte.

Er sah sich um.

Der Spätiverkäufer mit den Augenringen nickte ihm beiläufig zu. Jakob hob den Gruß erwidernd die Hand. Irgendwie hatte er mehr Bedauern erwartet. Ihm hätte gefallen, wenn der Mann Gott und die Welt verflucht hätte, weil sein bester Kunde fortgezogen war, wenn er die nun aufgelösten Sparbücher seiner Kinder und das ungerechte Schicksal beklagen würde, das ihm diese stete Geldquelle genommen hatte. Stattdessen dieses kaum wahrnehmbare Nicken. So war das. Jakob klingelte nochmals.

Die Gegensprechanlage meldete sich mit einem Knacken.

Ja, hörte Jakob. Es war ein festes, kein fragendes Ja. Ein Ja wie ein Stein.

Ich bin der Vormieter, ich …

Dann war die Leitung tot. Jakob blickte hoch. Jemand zog die Vorhänge zu. Sie waren knallrot.

Jakob wusste, dass er nicht nochmals klingeln würde. Dafür klingelte sein Handy. Es war Ben.

Wo treibst du dich denn herum?

Nirgendwo, sagte Jakob und setzte sich wieder in Bewegung.

Nirgendwo?, fragte Ben. Ich höre doch Schritte.

Ja, sagte Jakob.

Ben sagte: Wer nicht weiß, wohin er geht, erreicht mit jedem Schritt sein Ziel.

Jakob sagte: Dummschwätzer.

Sie schwiegen eine Weile, in Jakob erwachte der Eindruck, Ben würde in einem benachbarten Haus sitzen, mit dem Handy in der Hand auf ihn herunterschauen und sich königlich amüsieren.

Hast du gehört?, fragte Ben.

Was?, fragte Jakob.

Ich hab Dorian erreicht. Morgen treffen wir ihn in der Agentur. Ich habe ihm von deinem Plan berichtet, deine Bilderserie auf der *Utopian Art* Johann Zeit unterzujubeln. Das ist doch dein Plan, oder?

Gut, sagte Jakob.

In der Leitung knackte es.

Allerdings gut, sagte Ben.

Jakob schwieg.

Ben sagte: Es heißt jetzt, Banksy hätte seine Finger im Spiel. So ein Blogger aus Schweden behauptet, Johann Zeit ist sein Buddy. Aus irgendeinem Grund glauben dem viele. Selbst Dorians Crew kommt nicht mehr hinterher. Hater gibt es natürlich auch. So Trolle, die Johann Zeit scheiße finden, und dann die Fraktion, die meint, Johann Zeit gibt es gar nicht, und dann noch …

Alter, du kapierst nichts!, sagte Jakob. Dieser ganze Hype-Scheiß interessiert mich einen Dreck.

Komm mal runter, ich …, rief Ben.

Nein, ich komme nicht runter. Weißt du, was mich interessiert? Wer in meinem Atelier wohnt, der so beschissene rote Vorhänge …

Das Handy vibrierte. Jakob schaute auf das Display. Es war tot.

Jakob schaute auf. Er musste ziellos umhergeirrt sein. Weit weg vom Atelier konnte er nicht sein, aber die Umgebung wirkte auf ihn fremd. Als wäre dieser Straßenzug nicht von hier.

Es gibt ihn nicht. Es gibt keinen Johann Zeit. Was soll der Scheiß? Wann habe ich Ben von meinem Plan erzählt? Ich darf nicht abdrehen. Nicht verrückt werden. Verrückt. Was soll der Scheiß?

Ben verrät mich nicht. Ben würde mich nicht verraten. Würde er mich verraten? Wo ist Jolanda? Ich darf jetzt nicht abdrehen.

Fuck, wenn ich das denke, dann drehe ich schon ab. Wer ist in meinem verdammten Atelier? Was soll der Scheiß?

Jakob blieb abrupt stehen.

Drehte sich um.

Lief wieder los und bog in eine Nebenstraße ein.

Er hörte Schritte, sah einen Schatten an der Wand entlangstreifen; drehte sich um. Die Straße war leer.

22. Rotkehlchen

Sitzung Nr. 7 des *Team Zeit* unter der Leitung von mir, Dorian McAllister. Aufnahme erfolgt mithilfe meiner neuen Speech-to-Text-Software. Großartig. Jetzt bin ich auch noch technologisch überlegen.

Anwesend: Ausführende Assistentin Vesna, das Prekariat

Musik: milder Rotkehlchengesang

– Mein Puls erfreut sich gleichmütiger Regelmäßigkeit –

Ich nehme einen Schluck aus meinem unbeschrifteten Wasserfläschchen. Es schmeckt vorzüglich. Ich erwähne das, weil ich weiß, dass im Team Wetten abgeschlossen werden, aus welcher heimatlichen Quelle ich dieses exklusive Wasser beziehe und was es kostet.

Meine Notizen werden eines Tages veröffentlicht und vom wissensdurstigen Prekariat studiert werden. Dann wird dieses Sitzungsprotokoll ein Kapitel des großen Werkes über den Aufstieg des Johann Zeit.

Ich verkünde hiermit, dass es sich bei dem Getränk meiner Wahl um gewöhnliches Leitungswasser handelt. Die Kosten dafür belaufen sich, für mich persönlich, auf null Euro. Als sanfter Diktator füttere ich meine einfältigen Schäfchen gezielt mit ablenkender Kopfnahrung. Außerdem sprechen die Wetten auf mein Wasser ihren Spieltrieb an. Wer sich über die Herkunft des Wassers seines Vorgesetzten streitet, wird diesen nicht infrage stellen.

Also fein. Ich habe meinem künftigen Verleger genug Arbeit abgenommen, indem ich diese Notizen so ausführlich ausformuliert habe. Fortan werde ich Stichpunkte anlegen, die eine Heerschar von Kunsthistorikern zu ganzen Sätzen formen wird, sobald dies nötig erscheint.

– Ausführende Assistentin (AA) Vesna fasst zusammen:
  Parallelaktion (PA) voller Erfolg, alle lokalen und viele überregionale Medien haben berichtet. Die in PA gesetzten Erwartungen wurden übertroffen. Das anwesende Prekariat hechelt zufrieden.

Daran sieht man die Einfältigkeit der Kleingeistigen, deren Erwartungen leicht übertroffen werden, weil schon eine halbe Seite im BAUERNECHO ihren Horizont sprengt.

Als sanfter Diktator lasse ich ihnen natürlich ihre ordinäre Freude.

- Ein unrasierter Grobian erklärt, wie beliebt Johann Zeit in den sozialen Netzwerken ist. [NOTIZ AN MICH SELBST, NICHT ZUR VERÖFFENTLICHUNG (VÖ) BESTIMMT: Keine unrasierten Grobiane (UG) mehr anstellen. Wenn intelligente Jünglinge sich zunächst lieblich geben und nach der Anstellung zu unrasierten Grobianen entwickeln: waschen, bürsten, scheren.]

- AA Vesna hält ein nachtblaues Plättchen hoch. NACHTBLAU. Sie erinnert an die Bedeutung der CORPORATE COLOUR für die Marke Johann Zeit. Der UG sagt etwas. Wegen seiner Gesichtshaare verstehe ich ihn nicht. Kaum auszumalen, wie er untenrum aussieht.

- [NOTIZ AN MICH SELBST, NICHT ZUR VÖ BESTIMMT: Beim nächsten Teambuilding-Trip zu den Baumstämmen meiner geliebten Heimat behaupten, dass eine Plage das Camp gefährdet. Läuse. Alle Mitarbeiter müssen sich sämtliche Körperhaare entfernen. Sehr gute Idee. Ich bin ein toller sanfter Diktator. Ich bin gut.]

- Das Prekariat verstrickt sich in Diskussionen darüber, ob Johann Zeit mehr oder weniger stark an Banksy angelehnt werden solle, um dessen Ruhm abzuschöpfen. Diese uninspirierten Stümper. Ohne den lieblichen Gesang der Rotkehlchen wäre all das kaum zu ertragen.

- AA Vesna beschwert sich über schlechte Organisation. Sie fragt, wer aus dem Team in den Netzwerken im Namen des Johann Zeit an diesem Morgen den Spruch gepostet habe: *Ich bin die permanente Revolution meiner selbst.* Das sei zu kompliziert und gleichzeitig zu gewollt schlau. Das gehe nicht. Keiner aus dem Team rührt sich. Alle werden einzeln gefragt. Alle verneinen. AA Vesna schreit herum, dass die Accounts sich wohl unmöglich selbst verwalten würden. Alle schweigen. AA Vesna ist auf 220.

- Eine Prekariatistin [NOTIZ AN MICH SELBST, NICHT ZUR VÖ BESTIMMT: Gibt es dieses Wort?] beschwert sich über das *widerliche Rotkehlchengezwitschere.* Sie behauptet, dass es Selbstmordfantasien auslöse. Das Prekariat nickt verstohlen. Ich, als sanftester aller Diktatoren, bereue es, diese Sitzung nicht per Facetime von zu Hause aus zu verfolgen. Ich bin zu gut zu ihnen. – Mein Puls wütet. Er hat ja so recht.

- Der UG steht auf und spricht in seinen Bart. Ich verstehe sein haariges Gebrabbel nicht. Er dreht sich um. Er hat ein flaches Hinterteil. [NOTIZ AN MICH SELBST, NICHT ZUR VÖ BESTIMMT: Es gibt drei Sachen, die niemals flach sein dürfen: Pobacken, Witze und Hierarchien.]

- Lange Diskussion darüber, ob wir die Schablonen der Parallelaktion versteigern oder nicht. Diese minderbegeldeten Kleingeister. Wollen aus allem ihren kleinen süßen Profit ziehen. [NOTIZ AN MICH SELBST, NICHT ZUR VÖ BESTIMMT: Sehr schöner Ausdruck: minderbegeldet.]

- Ich überlege, zur Beendigung der Diskussion um den Verkauf der Schablonen mein Kleingeld auf das Prekariat regnen zu lassen.

Ich stehe auf, bitte alle um Ruhe und hole mein Portemonnaie hervor. Leider muss ich feststellen, dass sich darin kein Kleingeld befindet. Ich setze mich wieder. [NOTIZ AN MICH SELBST, NICHT ZUR VÖ BESTIMMT: Daraufhin ruft jemand aus dem Raum: *poor fag*. Es folgt höhnisches Gelächter. Sicher war das einer dieser unrasierten Grobiane. Das nächste Mal lasse ich die Sitzung filmen und den Täter anschließend von einem überbezahlten Privatdetektiv ermitteln. Dann verklage ich den Brüller so lange, bis er um Gnade fleht. Wenn es so weit ist, gehe ich zu ihm, schmeiße ihm mit einem Eurostück eine Platzwunde an den Kopf und frage: Who is a poor fag now???]

– AA Vesna hat sich beruhigt. Sie raucht. Als Einzige darf sie hier rauchen. Ich weiß gar nicht, ob ihr klar ist, wie gut sie es hat. [NOTIZ AN MICH SELBST, NICHT ZUR VÖ BESTIMMT: Nicht vergessen, was mir dieser beschränkte Anwalt zuletzt erklärt hat: Auch wenn Vesna alles freiwillig macht, könnte sie mich wegen ihrer nun 174 Arbeitstage hintereinander irgendwann verklagen. Lösung: Vesna weiterarbeiten lassen. Geld für den Fall einer späteren Niederlage vor Gericht zur Seite legen.]

– Mein Puls ist mein Freund. Ich mag meinen Puls.

– AA Vesna mahnt zur Fokussierung: Nach dem großen Erfolg der Parallelaktion und dem wohl schnellsten Aufbau einer Online-Community seit der Erfindung dieses Begriffs *dürfen wir uns die Butter nicht vom Brot nehmen lassen*. Seltsames Sprachbild, dass AA Vesna da verwendet. Ihre bäuerlich-slawische Herkunft bricht hin und wieder durch. Auch ihren strammen Waden sehe ich an, dass ihre Vorfahren ihr kümmerliches Leben entlang der Donau gebückt verbracht haben. Es wäre eine Überlegung, das Treppenhaus aus fadenscheinigen Gründen sperren zu lassen, damit Vesna Fahrstuhl fahren muss, statt ständig die Treppe zu nehmen. Ihre Waden würden nach einigen Monaten in erhabener Formlosigkeit erstrahlen.

– Erregte Diskussion darüber, ob es einfacher wäre, die Figur Johann Zeit aufzubauen, wenn das Team wüsste, für welche Aktionen, Clips oder Interventionen wir ihn später verwenden wollen. Ein UG plustert sich auf und behauptet, es sei eben ein großer Unterschied, ob wir mit Johann Zeit später Turnschuhe bewerben oder junge Leute zur Europawahl bewegen wollen. Das Prekariat will mal wieder das ganze Bild. Ich bin ein sanfter Diktator. Getreu meinem Motto: Jeder bekommt nur die Information, die er zum jeweiligen Zeitpunkt wirklich braucht.

– Ein UG schlägt vor, den Schauspieler, den ich als Johann Zeit engagiert habe, durch einen zweiten engagierten Schauspieler zu ergänzen. So könnten wir einen der beiden Mimen später als solchen auffliegen lassen und vom zweiten behaupten, er sei der wirkliche Johann Zeit. Vorschlag des UG klingt intelligent, ist aber zu kompliziert. Wir betreiben hier kein multimediales Panoptikum, sondern die Gegenwart. Wie oft muss ich ihnen noch erklären: Wir betreiben die Gegenwart!

– Jemand will das geplante Fernsehinterview mit Johann Zeit absagen. Alle sind verwundert, denn niemand weiß etwas von einem Fernsehinterview. Alle tippen auf ihren Smartphones herum und rufen wild durcheinander, dass ein Privatsender tatsächlich ein Interview *mit dem Phantomkünstler, dem Macher der Parallelaktion* ankündigt. AA Vesna rastet aus.

– Alle drücken wieder auf ihren Smartphones herum und kommen sich dabei gebildet und modern vor. Sie merken nicht, dass diese Geräte die moderne Version eines Pfluges sind. Sie alle ziehen den Pflug. Diese beschränkten Nachkommen protestantischer Bauern.

– Ich bin mein Puls. Ich liebe meinen Puls. Ich atme.

– Der Einbau mobiler Trennwände im *War Room* ist hiermit beschlossen. Demnächst kann ich alle unerwünschten Kleinbauern einfach hinter Wänden verschwinden lassen, wenn sie zu unrasiert daherkommen. Das ist schön.

– Erneut stelle ich mir die Frage, wie ein so beschränkter Geist wie dieser Jakob eine so tolle Figur wie Johann Zeit erfinden konnte. Vielleicht steckt noch mehr in ihm. Ich muss Jakob mehr einbinden. Beschränkter als dieser UG mit Yale-Abschluss, der jetzt schon wieder in seinen Bart spricht, kann er auch nicht sein.

– Mein Puls sucht Ruhe. Ich muss gehorchen. [NOTIZ AN MICH SELBST, NICHT ZUR VÖ BESTIMMT: Flug auf die Insel sofort buchen. Muss demnächst meinen Pulsmesser so einstellen, dass er meinem Telefon ein Signal sendet und ab einem Puls von 165 automatisch einen Flug in die Heimat bucht Ja. Das ist gut.]

23. Feldarbeit

Jakob lehnte sich zurück, so weit der unbewegliche Holzstuhl im Strandhaus es zuließ. Er war alleine, Ben und Carlo waren ausgeflogen.

All die Texte und Bilder, die Jakob sich nachts im Netz reingezogen hatte, scheuchten seine Gedanken auf. Er hatte schon vorher von den unzähligen Versuchen gewusst, den *Neuen Menschen* zu erschaffen, aber die ganze theoretische Last dieser Unternehmungen wog doch sehr schwer. Vor allem ging ihm ein altes Mütterchen nicht aus dem Kopf, zahnlos, mit Kopftuch, das ein Bild des jungen Lenin vor ihrer Brust trug. Je länger Jakob dieses Schwarz-Weiß-Foto betrachtet hatte, desto mehr verfestigte sich sein Eindruck: Sie trug eine Ikone. Sie nahm an einer als Arbeiterprotest getarnten Prozession teil und trug eine Ikone. Jakob hatte das Mütterchen als neues Hintergrundbild auf seinem Laptop.

Die Sowjets wollten den Neuen Menschen schaffen, aber sie bedienten sich doch nur irgendwelcher orthodoxer Traditionen. Was sollte die Erschaffung eines Neuen Menschen schon wert sein, wenn sogar die roten Revolutionäre Etikettenschwindel betrieben hatten?

Jakob fiel auf, dass er die ganze Sache nicht von ihrem Anfang her gedacht hatte. Zumindest die Kommunisten waren sich sicher, dass der Neue Mensch nur durch eine neue Gesellschaft zu haben war.

War er zu egoistisch? Als Ben und er Johann Zeit erdacht hatten, als er sich diese Lederklamotten holte, als er loszog, um seine Verwandlung zu leben, da schien Jakob als einzig denkbare Lösung, sich selbst zu verändern, während alles andere gleich blieb. War das falsch?

Nein.

Es war gut, dass er nicht an alle gedacht hatte. Es war schon schwer genug, selbst ein anderer Mensch zu werden. Wenn dafür erst diese Gesellschaft abgeschafft und durch eine neue ersetzt werden müsste, wäre er gar nicht erst vom Sofa aufgestanden. Vielleicht war sein Weg falsch, aber immerhin war er losgelaufen. Dieses eine Mal war er losgelaufen.

Jakob lehnte sich zurück, verschränkte seine Arme hinter seinem Kopf. Sein Rücken schmerzte.

Wie hatten die Sowjets den Neuen Menschen erschaffen wollen? Darauf hatte er keine zufriedenstellende Antwort. Dieser Ziegenbart Trotzki wollte in den Dörfern in seinem Sowjetreich Kirchen und Kneipen durch Kinos und Bibliotheken ersetzen.

Das klang gut, aber würde so etwas die Menschen nicht lediglich bilden? Schon verständlicher schien Jakob da die Idee vom ganzheitlichen Menschen, der alles selbst macht. Die Abkehr von der Arbeitsteilung würde bewirken, dass jeder Einzelne nicht mehr nur das berühmte Rädchen im Getriebe ist, so weit ergab das schon Sinn. Aber wollten alle selbst Hemden nähen? Wollte er Unkraut jäten? Oder sich selbst einen bequemeren Stuhl zimmern, dessen Lehne verdammt noch mal nachgeben würde? Vielleicht stellte er sich die falschen Fragen, dachte Jakob. Kein Wunder, er war ja auch der alte Mensch.

Was ihn richtig störte, war das Gefühl, dass die meisten Versuche lediglich darauf hinausliefen, den alten Menschen zu verbessern, statt ihn wirklich durch einen neuen zu ersetzen. Da erschien die in einem moderneren Pamphlet dargelegte Idee schon interessanter: Einen Neuen Menschen erschafft man nicht durch eine neue Gesellschaft, sondern durch die *Überwindung von Gesellschaft*.

Das Büchlein *Der kommende Aufstand* stammte von einer nicht näher benannten Autorengruppe. Laut Dorians gefaktem Interview wurde Johann Zeit ja als Urheber gehandelt.

Die Gedanken im Buch klangen zwar radikal, aber am Ende leider doch danach, dass sich alle in kleinen Gruppen auf Bauernhöfe zurückziehen und selbst Kartoffeln anbauen. Überhaupt lief Jakob der Neue Mensch – der historische, aber auch der moderne Neue Mensch – viel zu viel auf dem Acker herum.

War nicht die Couch eines Psychologen der geeignetere Ort für die Überwindung des alten Ich? Natürlich hatte Jakob schon eine Bar mit verwegenem Blick betreten, ein Mädchen lässig angesprochen oder ein kraftvolles Bild gemalt und sich nichts aus falschem Lob gemacht. Aber er schaffte es nicht, all das beständig zu wiederholen. Es zu einem Teil seines Wesens zu machen. Das musste ein mentales Problem sein. Er hatte es in sich. Aber eben nicht immer.

Der Gedanke, dass all die Probleme durch eine neue Gesellschaft gelöst werden sollten, erschien einerseits deprimierend – wie weit war eine neue Gesellschaft entfernt? – und gleichzeitig viel zu simpel. Blieb ein melancholischer Zauderer nicht auch im Himmelreich ein melancholischer Zauderer? Jakob hatte auch dazu viel gelesen und verstanden, dass der melancholische Zauderer im neuen System eben keiner mehr wäre, weil er seine Zweifel und Charakterschwächen dann überwunden hätte. Vielleicht fehlte es ihm nur am Glauben daran, dass so etwas funktionieren kann. Aber dass der Neue Sowjetmensch nicht nur seine ursprünglichen Probleme überwunden haben, sondern auch noch als Kritiker aller Verhältnisse auftrumpfen würde, erschien Jakob einfach zu dick aufgetragen.

Da wird jemandem also durch neue Verhältnisse ermöglicht, seine Probleme zu beseitigen, und er nutzt die Chance nicht nur, sondern bleibt auch im Angesicht dieses Sieges kritisch gegenüber dem, was ihm den Sieg gebracht hat … Es konnte schon sein, dass Jakob einfach nur Angst vor der Vorstellung hatte, im Paradies aufzuwachen und festzustellen, dass er auch dort nicht zufrieden mit sich war. Dann blieb wirklich nur noch die Felskante.

Es war am Ende aber doch die Frage nach dem Huhn und dem Ei: War zuerst der Neue Mensch da, der die neuen Umstände ermöglichte oder ermöglichten die Umstände den Neuen Menschen? Jakob wollte diese Frage nicht beantworten. Er wollte auch nicht, dass jeder so wurde wie Johann Zeit. Schon zwei solche Exemplare in einem Raum mussten unerträglich sein. Es ging doch immer um Kontrast.

Der einzige Mensch, der in Jakobs Umfeld beständig für Veränderung kämpfte, war Lissy. Sie ging auf Demos, sie mischte sich ein, wenn jemand auf einer Party ausfällig wurde. Sie war mittendrin. Jakob mochte das, konnte es aber nicht wirklich nachvollziehen. Es war schon so, dass Lissy und ihre Mitstreiter sich für sinnvolle Sachen einsetzten, beziehungsweise meistens gegen unsinnige Sachen, wie Pestizide im Essen oder Rassismus. Es war nur zu deutlich erkennbar, dass sie damit nur kleine Verbesserungen am bestehenden System durchzusetzen versuchten, statt die Gründe für die Missstände anzugehen. Sie stabilisierten die bestehenden Verhältnisse sogar, indem sie ihre schlimmsten Auswüchse bekämpften.

Jakob fühlte sich aber außerstande, diese Meinung öffentlich zu äußern. Immerhin taten die Dauerdemonstranten ja etwas, was mehr war als das Nichts, was er selbst zur Verbesserung der Gesellschaft beitrug. Aber sie sollte ja auch nicht besser werden, sondern grundsätzlich anders, oder … Jakob merkte, wie er sich gedanklich im Kreis drehte. Es ging Lissy wohl nicht nur um die Sache, sondern auch darum, nicht tatenlos rumgestanden zu haben, in diesen Zeiten.

Jakob nahm sich vor, nie wieder tatenlos zu bleiben, wenn es irgendwo brennt. Er konnte nicht die Welt retten, aber seine Umgebung beeinflussen. Vielleicht war sein Weg falsch, aber nun war er losgelaufen. Mit seinen Füßen und im Kopf. Er wollte nicht mehr anhalten. Nie wieder anhalten.

24. Dienstlich und privat

Lissy blickte auf ihre kultige Casio. Uhrzeit, Wochentag, Datum – simpel, kompromisslos und funktional wie dieses Werkzeug müsste die Welt sein, dann wäre alles gut. Doch an diesem Tag war gar nichts gut.

Sie prägte sich das Datum ein. Dieser Tag würde fortan als schwarz umrandeter *Tag der rasenden Ungerechtigkeit* begangen. Lissy wollte wirklich ihren Kalender herausholen und Wut von ihrem Gemüt kritzeln, doch waren ihre Hände voller Spüli und der Geschirrberg in den vergangenen Minuten kaum kleiner geworden. Sie erinnerte sich an den labbrigen Joint in ihrem Mund, zog daran – kalter Ekel durchfuhr sie – spuckte ihn auf den Boden und drehte den Hahn mit heißem Wasser bis zum Anschlag auf.

Es war ein Tag, an dem Lissy erneut versuchte, alles mitzumachen, einfach weil sie es musste. Was ihre eigene Bestimmung war, wusste Lissy beim besten Willen nicht. Aber sie kannte einen Leitsatz, an den sie sich immer hielt. Ja, vielleicht war es ihre Bestimmung, diesen Leitsatz zu leben, was oft gar nicht so leicht war: Sei immer und um jeden Preis bei allem dabei.

Lissy selbst hatte Jolanda bestärkt, die Rolle als Geschäftsführerin zu übernehmen, seit deren herrschsüchtiger Vater sie in diesen Posten drängen wollte. Das *Brot & Spiele* brauchte eine richtige Chefin. Die ganzen Künstler-Kellner, also die Eigentlich-Kellner, die ihre Knete zwar mit Bierzapfen verdienten, aber *eigentlich* etwas anderes machten, konnten einen Tritt zwischen die Beine gut gebrauchen. Nun ja, blöd gelaufen, heute war es so weit. Jolanda verhielt sich wie geheißen, wog ab, blieb hart und traf sinnvolle Entscheidungen – die sich in ihrer Konsequenz letztlich alle gegen Lissy richteten.

Es hatte damit begonnen, dass Jolanda mitten in der Abendschicht Marie gefeuert hatte. Marie war zu spät gekommen, hatte vergessen, einen Sekt mitzubringen, wie ihr aufgetragen war, und zu allem Überfluss ein Glas fallen lassen. Statt die Scherben zusammenzufegen, starrte Marie Jolanda mit ihren überschminkten Augen an. Joli sah mit ihren neuerdings gerougten Wangen und ihrer ironisch wirkenden Hochsteckfrisur ebenfalls seltsam aus. Lissy tat sich schwer, ihre Gemütslage einzuschätzen.

Es war also alles wie immer: Geschäftsführerin Jolanda ließ sich auf die dummdreiste Marie ein, holte den Handfeger und kehrte das Glas zusammen. Als sie das Fußpedal des Mülleimers trat, um Maries Scherbenhaufen zu entsorgen, sagte Jolanda plötzlich: Das war das letzte Glas, das du nicht zusammengefegt hast. Nimm deine Sachen und geh.

Jolanda stellte einen neuen Arbeits- und Putzplan auf. Alle fünf an diesem Tag im *Brot & Spiele* beschäftigten Eigentlich-Kellner weigerten sich, die Schichten der abservierten Marie zu übernehmen. Sie mussten alle die Welt retten, ihren Großeltern beim Kauf von Getränkekisten helfen oder Elvis im Himmel besuchen. Klar.

Es wurde gelost: Lissy bekam die bereits laufende Spülschicht, weshalb sie in Zeitnot geriet, bevor sie überhaupt hatte anfangen können. Dabei stand im Café eine von Lissy organisierte Lesung an. Mark war zur Losfee ernannt worden. Er hatte blöd gegrinst, als er den Zettel namens *Lissy* aus seinem Charlie-Chaplin-Hut zog. Dabei wusste sie, dass Mark abgesehen von seiner Schicht gar nichts zu tun hatte. Jeden Abend klimperte er auf seiner Gitarre, trank Bier in kleinen Schlucken, schaute dem Wasser vor seinem Balkon beim Fließen zu und ging mit einem der Mädchen ins Bett, die ihn für seine grundlose Melancholie bewunderten. Lissy wusste das, weil sie früher selbst eines dieser Mädchen gewesen war. Doch irgendwann hatte es ihr gereicht.

Mark gehörte zu diesen einfältigen Menschen, die, wenn sie ausnahmsweise über etwas nachdenken, keine Anstalten machen, es zu verbergen. Am meisten ärgerte Lissy zu wissen, dass es Mark nichts ausgemacht hätte, alle Dienste zu übernehmen, wenn er damit nicht vor den anderen hätte zugeben müssen, ein Möchtegern-Eigentlich-Kellner zu sein, also ein einfacher Kellner. Dieser beschränkte Arsch. Er erinnerte sie nur zu stark an den Vater ihres Sohnes Jens.

Bei der zweiten Auslosung zog Lissy Maries morgige Schicht. Sie telefonierte sofort mit ihrer Nachbarin Monika, einer arbeitslosen Bürokauffrau, die auf Jens aufpasste und ihn so beharrlich Jessy nannte, dass er Jessy bereits für seinen richtigen Namen hielt. Lissy nahm es Monika nicht übel. Was sie Monika aber richtig übel nahm, war ihre Weigerung, am nächsten Tag wieder Jessy zu hüten, damit Lissy den *Brot & Spiele*-Dienst schieben konnte.

Diesen Dienst wollte sie nach der Uni und vor ihrer Joggingstunde antreten, um anschließend die Demo gegen Überwachung zu organisieren. Das alles würde sie tun, wohlgemerkt, während Monika zu Hause auf der Couch herumlag und fetter wurde.

In der Folge hatten sich die beiden so lange gestritten, bis Lissy ihre hilfsbereite Nachbarin als *nutzlose Schlampe* beschimpfte.

Daraufhin hielt Monika Lissy einen Vortrag, der sich schon lange angestaut haben musste, so hart und präzise klangen ihre sonst so bräsigen Worte. Lissy würde aus kindlichem Egoismus jegliche Hilfe ihrer Verwandten ablehnen, die nur zu bereitwillig auf Jessy aufpassen wollten. Sie vermied damit emotionale Bindungen zu ihrer Sippe, weil sie sich vor deren Nähe und vor allem vor deren strukturellem Konservatismus fürchtete.

Lissy fragte sich, woher Monika solche Wörter kannte und ob sie für ihren Vortrag diese Begriffe nachgeschlagen hatte. Monika erklärte Lissy, dass sie aus Angst, ihre Sippe würde über das Kind Zugriff auf ihr Leben erhalten, lieber feige die Konfrontation scheute und stattdessen ihre gutherzige Nachbarin ausnutzte und sich somit schlimmer verhielt als ihre angeblich so kleinbürgerlichen Verwandten. Lissy konnte nicht an sich halten und beschimpfte Monika wütend als *fette nutzlose Schlampe.*

Woraufhin sich die in ihrem Stolz verletzte Monika, die *ganz nebenbei gesagt schon wieder Rücken hatte*, nicht nur weigerte, auf Jessy, nein: *deinen Jens*, morgen aufzupassen, sondern gar damit drohte, ihre momentan laufende Betreuung sofort einzustellen.

Lissy stellte sich vor, wie Monika heulend zu ihrem Schokolager stürzte und in eine von diesen Weißmilchtafeln biss, die sie so vollschlank werden ließen. Lissy geißelte sich für ihre Gehässigkeit, doch es tat ihr nicht wirklich leid. Nur eine Lösung für das Jessy-Problem hatte sie nicht. Alleine aus Trotz wäre sie jetzt gerne nach Hause gegangen und hätte Jens an sich genommen, damit Monika sieht, was sie von ihren Drohungen hat. Monika liebte Jens abgöttisch. Sie hätte niemals die Betreuung eingestellt, das wusste Lissy. Vielleicht hatte sie ja wirklich eine jahrelange postnatale Depression, eine besonders fiese Version des Babyblues, der ihr von Monika schon häufiger attestiert worden war. Es verletzte Lissy, dass ihre Nachbarin Jessy, nein, Jens, Herrgott, dass sie ihn inniger zu lieben glaubte als Lissy. Das war auch ungerecht.

Am ungerechtesten war, dass all diese ungerechten Dinge ihr widerfuhren, die sich doch ihr Leben lang dem Kampf gegen Ungerechtigkeit verschrieben hatte.

Was Lissy jedoch wirklich im Laden hielt, das gestand sie sich widerwillig ein, war etwas, das mit Jolanda zusammenhing: Auf ihrem Handy trafen geheimnisvolle Kurzmitteilungen ein.

Durchatmen … Sie sollte sich nicht hineinsteigern, sagte sie sich.

Lissy schüttelte den Kopf und wurde der abebbenden Geräusche vorne im Lokal gewahr. Sie schaute zwischen den Küchenvorhängen in einen gut gefüllten Hauptraum mit vielen nachlässig frisierten Menschen, die gespannt auf die Lesung warteten. Beim Anblick zweier gelöst lachender Mädchen wurde Lissy fast übel. Sie machte sich ernsthafte Sorgen um sich selbst. Sie durfte nicht überdrehen, durfte nicht von ihren eigenen Erwartungen erdrückt werden und zu einer dauernd eingeschnappten Bitterfotze werden. Alles, nur das nicht.

Wie eine Grundschülerin nach ihrem ersten Kuss war Jolanda angelaufen gekommen, um Lissy die SMS zu zeigen. Für einen Moment war sie die alte Joli, nicht die nuttig geschminkte Geschäftsführerin mit Hochsteckfrisur.

Ich werde dich wiedersehen. J. Z.

Lissy war erst nach einigen Augenblicken draufgekommen, dass J. Z. für Johann Zeit stand. Sie schaute Jolanda an, doch die verschwand wortlos. Erst aufgeregt angelaufen kommen und dann einfach verschwinden. Beschissener ging es ja wohl nicht.

Jolanda und Lissy waren seit der Parallelaktion Anhängerinnen des Phantoms Johann Zeit. Solange er

Gutes tat, konnte er alles sein, ein Mann, eine Frau, ein Werwolf, ein Fabelwesen, eine Erfindung oder der Heilige Geist. So sahen das Lissy und Jolanda, obwohl beide wussten, dass sie an einen reellen Johann Zeit glauben wollten.

Sie lasen interessiert, wie bekannte Künstler als die Personen hinter dem Pseudonym Johann Zeit gehandelt wurden. Die meisten Verdächtigten beeilten sich nicht gerade, irgendwas richtigzustellen.

Lissy konnte es selbst nicht fassen, wie diese Diskussion das Netz eingenommen hatte. Die meisten ihrer über siebenhundert Online-Freunde beteiligten sich an Gesprächen über Johann Zeit, auch wenn viele nur mitmachten, um ihre Abscheu gegenüber diesem Thema auszudrücken.

Vorne begann die Lesung. Jolanda kam in die Küche. Lissy und Jolanda schauten sich an. Lissy konnte nicht an sich halten und wischte Jolanda mit dem Ärmel durchs viel zu stark bemalte Gesicht.

Schon besser, sagte sie.

Jolanda lächelte.

Mark kam dazu.

Unschlüssig standen die drei in der Küche herum.

Wollt ihr gar nicht zuhören?, fragte Lissy.

Ach, das ist wie Tagesschau gucken, das ist öde, sagte Jolanda mit gespielter Nonchalance.

Irgendetwas war mit ihr. Lissy zog sie zur Seite, Marks wunderschön blöde Augen folgten den beiden in die Vorratskammer.

Hast du noch eine Nachricht bekommen?, fragte Lissy.

Jolanda wandte den Blick ab und lächelte verschmitzt.

Joli, sag schon.

Jolanda sagte grinsend: Das ist privat.

Wie, privat? Bin ich jetzt dienstlich, oder was?

Na die Nachricht von eben war … so richtig für mich, sagte Jolanda.

Wer ist denn das, der dir schreibt?

Na, Johann Zeit eben.

Joli. Jetzt im Ernst. Wer schreibt dir?

Jolanda schaute sie mit großen Augen an. Ihr Handy fing an zu vibrieren. Lissy konnte es nicht fassen, aber Jolanda drehte sich um und verließ die Küche.

Wie machte Jolanda das? Warum wurde sie für ihr Leben voller Nichtstun belohnt? Woher kam ihre Fähigkeit, das Glück anzuziehen und es nicht einmal zu merken?

Jolanda war ein undankbares Glückskind. Schon der erste Eindruck, den Lissy von Jolanda gehabt hatte, war genau der gewesen: undankbares Glückskind. Sie hatten sich auf der deutschen Schule in

Kapstadt kennengelernt. Lissy war schockiert gewesen, wie sehr Jolanda mit dem Verweigern des von ihrem Vater aufgezwungenen Klavierunterrichts beschäftigt war und wie wenig sie die mit den Händen zu greifende Ungerechtigkeit in der Stadt berührte. Sie wusste auch nicht mehr, warum Jolanda ihre Freundin geworden war. Sie waren sehr verschieden.

Lissy begann mit dreizehn in einem Township Englischunterricht zu geben. Jolanda fing an, ihre von ihr selbst ausgesuchten Tanzstunden als väterlichen Zwang zu betrachten. Lissy begann, heimlich einen schwarzen Waisenjungen zu daten. Jolanda beschwerte sich über die Avancen der Söhne lokaler Weinbauern. Es war doch alles nicht zum Aushalten, es …

Lissy summte eine Melodie. *My favourite Game* von den Cardigans. Das machte sie immer, wenn sie schlecht draufkam.

Nur keine Bitterfotze werden, ging ihr durch den Kopf. Alles, nur keine Bitterfotze.

25. Krieg und kein Frieden

Jakob stand vor der Tür zu Dorians Agentur, dem *War Room*. Die Buchstaben, jeder so groß wie ein Unterarm, waren in *Mad Max*-Manier aus rostigen Metallstangen zusammengesetzt. Jakob stellte seine Bilderkiste ab. Hinter ihm kam Ben die Treppe rauf.

Sie befanden sich in einem alten Flakbunker aus Graubeton. Jakob und Ben blickten auf die sieben Buchstaben, die einen komplizierten Tag versprachen. Nun ja, der *War Room*.

In der Tür erschien eine schwarz gelockte Frau in einem weißen Hemd, auf ihrem Kopf klemmte ein Headset. Sie hielt ein Klemmbrett in den Händen.

Sie sagte: Hallo, Ben. Jakob wunderte sich über ihren distanzierten Ton. Frauen begrüßten Ben sonst anders. Ben grinste spitzbübisch.

Er sagte mit Nachdruck: Vesna.

Vesna wandte sich Jakob zu, presste seine Hand zu fest und zu lange zusammen. Jakob betrachtete ihre schwarzen Augen.

Sie drehte sich um und setzte sich in Bewegung, ihr Schweigen bedeutete: mir nach.

Jakob und Ben folgten Vesna in einen schummrigen Gang. Das Echo ihrer Schritte schmiss ein Erinnerungsprogramm in Jakobs Kopf an. Die vergangenen dreißig Stunden, seit er im Atelier geklingelt hatte und anschließend die Nacht vor dem Computer mit dem Neuen Menschen verbracht hatte, drängten im Zeitraffer an ihm vorbei, als wollten sie überholen.

Wie er durch die Straßen seines ehemaligen Viertels gestolpert war, sicher, verfolgt zu werden.

Wie er sich einredete, nicht durchzudrehen, und trotzdem das Gefühl nicht loswurde, beobachtet zu werden.

Wie er nachts bei Jolanda aufgetaucht war, die ihn begrüßte wie einen alten Freund, den sie lange nicht gesehen hatte.

Wie er ihr beichtete, dass er keine neue Bilderserie habe und deshalb nicht an der *Utopian Art* teilnehmen werde. Wie überrascht er war, dass sie darüber nicht sonderlich überrascht zu sein schien. Wie er, während sie Tee kochte, auf ihrem Handy die letzten Nachrichten las, obwohl er so etwas verabscheute und ohnehin zu wissen glaubte, was er finden würde. Wie er die Botschaft eines unbekannten Absenders fand: *Ich werde dich wiedersehen. J. Z.*

Wie verstört er war, dass die Nachricht offenbar mit *Johann Zeit* unterschrieben war.

Wie er beschloss, Jolanda nicht zu konfrontieren, sondern einzuschlafen.

Wie er schlaflos dalag und sich fragte, wie er diese Beziehung so hatte verkümmern lassen können.

Wie er den Sonnenaufgang begrüßte und wie er wie jedes Mal, wenn er bei Jolanda war, über dieses Phänomen nachgedacht hatte, das ihre Wohnung auszeichnete: Fenster in alle Himmelsrichtungen haben und dennoch bei jedem Sonnenstand im Dunkeln liegen. Die Häuser drumherum waren zu hoch und ließen nichts übrig für die kleinen.

Wie er am nächsten Tag seine Arbeiten aus dem Keller im Strandhaus holte, wie er nichts außer Kaffee zu sich nahm und dabei vergeblich versuchte, Ben auf dem Handy zu erreichen.

Wie er und Ben sich vor wenigen Minuten zugenickt hatten, bevor die Tür aufgeflogen war, so abgebrüht, als wäre es okay, dass nichts in Ordnung war, als wäre nicht alles unendlich verworren.

Au!, rief Vesna. Jakob musste ihr in die Hacken gelaufen sein. Statt sich zu entschuldigen, starrte Jakob auf seine Militärstiefel, die er irgendwann im Strandhaus abgegriffen hatte. Sie gehörten Ben. Es war wirklich an der Zeit, den Schlaf wiederzuentdecken.

Kommt ihr?, fragte Vesna, die bereits aus dem Gang abgebogen und zur Tür vorgegangen war. Ben trat ein. Jakob folgte.

Der *War Room* war ein fensterloser, ovaler Raum mit niedriger Decke. Er kam ohne Militärästhetik aus und hätte auf den ersten Blick das Bezirksamt einer x-beliebigen Kleinstadt mit hoher Selbstmordrate sein können. Jakob fühlte sich sofort eingesperrt.

Die Tischreihen wurden von karierten Rücken auf überkomplexen Drehstühlen dominiert, die vielleicht nicht die Welt, aber doch Wirbelsäulen retten konnten. Lässig beturnschuhte Berufsjugendliche verschanzten sich hinter Monitoren, von deren Rückseiten angebissenes Obst leuchtete. An den Wänden standen Kühlschränke mit sibirischer Limonade und Eistee. Alles Kainsmale einer Industrie, die Arbeit wie Freizeit aussehen lassen wollte. War es nicht das, was sie alle wollten: Ferien für immer?

Diese Industrie war für Jakob ein Feindbild. Seit dem Abbruch seines Studiums glaubte er ihren Avancen widerstehen zu müssen. Allerdings wusste die Industrie selbst von solchen Avancen nichts.

Vesna sagte: Gehen wir zu Dorian.

Ben sagte: Ihr habt umgebaut.

Vesna sagte: Seit dieser Johann-Zeit-Nummer geht es hier drunter und drüber.

Sie passierten den Hauptgang, der den *War Room* in zwei Hälften teilte. Es war eine Frontlinie, die von einer Spitze des Ovals zur anderen verlief. Glühbirnen, deren Schein dem Sonnenlicht ähnelte, leuchteten ihnen den Weg. Von der Decke hängende Trennwände zersetzten das Großraumbüro in viele einzelne Teile – das Fehlen fester Wände ließ aber die Vermutung zu, dass ein Ganzes angestrebt wurde. Aus Lautsprechern zwitscherten Vögel.

Jakobs Blick wurde von seiner inneren Drecksau auf Vesnas Hinterteil gelenkt. Es sah ebenso wie ihre Waden sportlich aus, obwohl es sich in einem hoch sitzenden Rock aus hüfthosenlosen Zeiten versteckte.

Sie drehte sich scharf auf ihrem Pfennigabsatz herum und sagte: Wenn du ein Bild davon machen möchtest, die Fotoabteilung ist da drüben.

Jakob blickte Vesnas Finger hinterher, auf einen Tisch, von dem eine mindestens fünfzig Jahre alte Contaflex-Kamera auf ihn zurückstarrte. Schönes Teil.

Die drei näherten sich einer ebenmäßigen hellgrauen Trennwand. Jakob erwartete, dass Dorians Visage sie darauf per Videochat begrüßen würde. Die Trennwand verschwand stattdessen mit einem gequälten Summen in der Decke und gab den Blick frei auf das real existierende Vermarktungsgenie.

Dorian war genauso gekleidet, wie Jakob es in Erinnerung hatte. Er trug ein rötliches Halstuch und ein farblich unbestimmtes Sakko, das sich diesmal nicht an die weiße Wand hinter ihm anbiederte.

Die Schablonen der Parallelaktion standen an diese Wand gelehnt auf dem Boden. Sauber poliert und mit Preisschildern versehen warteten sie offensichtlich auf Käufer.

Willkommen, Freunde, sagte Dorian. Er streckte seine Hände zur Umarmung aus, Ben machte einen Halbschritt nach vorne, Dorian ließ seine Arme sinken und sagte: Bitte, werden wir nicht sentimental.

Er kam hinter seinem Schreibtisch hervor. Vesna bediente Knöpfe an einem von der Decke hängenden Panel. Während mehrere Trennwände in der Decke verschwanden, sagte Dorian feierlich: Was wir darob vorfinden, ist das *Team Zeit*.

In der ersten Tischreihe war nur ein Platz besetzt. Ein Mann lag regungslos auf dem Tisch, Kopf und Hals steckten in einer Art abgeschnittenem Schlafsack mit Luftlöchern.

Ben ging zu dem Mann hin, schüttelte ihn und fragte: Ist er tot?

Dorian lachte schallend. Dann sagte er: Das ist ein Kopfschlafsack, den alle Freunde kostenfrei bekommen, damit sie ihre kreativen Nappereien während der Arbeitszeit gestalten können.

Jakob wunderte sich über Dorians Akzent, den er bei ihrem ersten Treffen kaum ausgemacht hatte.

Die Trennwand fuhr plötzlich wieder herunter, Ben sprang zurück. Die drei Männer blickten erschrocken zu Vesna, die mit dem Bedienpult in der einen und einer Zigarette in der anderen Hand dastand und das Gesicht verzog. Sie blies den Rauch demonstrativ in Richtung Dorian und sagte: *Darob vorfinden*? *Kreative Nappereien*? Du redest immer so einen Mischmasch aus Altdeutsch und pervertierten Anglizismen, wenn du von der Insel kommst.

Von irgendwoher zerschnitt knapp das Wort *Snob* die Stille. Vesna verschwand durch eine Seitentür.

Dorian erläuterte: Diese Trennwände erlauben es mir, nicht mehr zwischen den Vorteilen von einem, einem … communicative Großraum-Office und Einzelbüros entscheiden zu müssen.

Er ließ ein paar Wände hoch- und runterfahren. Jeder Arbeitsplatz konnte auf jeder Seite durch Trennwände abgegrenzt oder auch auf allen vier Seiten abgeriegelt werden. Wie ein kleiner Junge vor seinem Transformer demonstrierte Dorian, dass er in wenigen Minuten alle Designer in einen Raum sperren konnte und alle Account Manager in einen anderen, ohne dass sich jemand umsetzen musste.

Dorian zupfte an seinem Halstuch. Er ließ alle Trennwände vor der ersten Reihe herunter.

Jakob wünschte sich weg. Das ging aber nicht. Er schaute sich um. Über ihnen an der Decke war in ebensolchen rostigen Buchstaben wie am *War Room* zu lesen:

Do what you can, with what you have, where you are.
Theodore Roosevelt

Sie setzten sich.

Vesna tauchte klackernden Schrittes aus dem Nichts auf. Sie sagte, an Dorian gerichtet: Vice fragt erneut nach einem Exklusivstück zu Johann. Wir vertrösten die seit Tagen. Ich glaube …

Dorian schnitt Vesna das Wort ab. Ich weiß genau, in welcher Phase unsere Präsenz ist. Stop your Theatralik und entschwinde.

Vesna verschränkte die Arme vor ihren Brüsten. Sie sagte: Weißt du, wie das Team diese Tageslichtlampen nennt, dieses Vollspektrumlicht, das du für deine Schäfchen leuchten lässt?

Dorian schwieg.

Vesna sagte: *Vollspackenlicht*, nennen sie das. Es erinnert alle daran, dass sie bei den Arbeitszeiten hier nie die Sonne zu sehen kriegen.

Dorian lächelte milde.

Vollspackenlicht, wiederholte Vesna.

Dorian flüsterte: Das ist nicht einfallsreich. Entschwinde, Gehässigste, entschwinde.

Vesnas blasser Teint bekam eine rosa Wutnote, aber sie ging.

Ein guter Vorgesetzter herrscht und teilt, sagte Dorian. Er widmete sich dann Papieren, die er aus einer Aktentasche hervorholte und die offensichtlich nichts mit Johann Zeit zu tun hatten.

Als er wenige Sekunden später wieder aufblickte, tat er überrascht, Ben und Jakob zu sehen. Überdies schien es eine freudige Überraschung zu sein. Er begann davon zu erzählen, wie er bald die erste Werbung mit Johann Zeit schalten wolle. Es handelte sich um ein Konzept, das im Grunde nicht neu war: Werbung, die nicht als Werbung zu erkennen ist. Jakob hörte nicht mehr hin.

Diese sonderbare Agentur … Arbeit, die nicht wie Arbeit aussieht, Werbung, die keine Werbung ist, und jemand, der so aussieht wie Johann Zeit und in seinem Atelier wohnt. Dazu Jolanda, die SMS bekommt, die mit J. Z. gezeichnet sind.

Jakob fuhr ein Hitzestrom in die Glieder, als er daran dachte, dass Ben nie seinen Ersatzschlüssel vom Atelier abgegeben hatte, ebenso wenig wie Jolanda. Er versuchte sich zu beruhigen. In einem Rätsel mit vielen Unbekannten konnte eine scheinbare Lösung auch nur ein weiteres X sein.

Dorian redete und redete. Bei der neuesten zu zündenden Bombe, die er *Dummydrop* getauft hatte, sollte Johann Zeit stillos gekleidete Plastikpuppen – Dummys – über angesagten Clubs abwerfen. Viele von diesen Clubs, darunter die *Fontäne 9*, hatten sich zu einem Verein zusammengeschlossen, um gegen ihre übermäßige Besteuerung und vor allem gegen die Verdrängung an den Stadtrand zu protestieren. Dafür hatten sie sich erfolgreich der öffentlichen Meinung bedient, sich als von Kapitalisten unterdrückte soziale Wesenheiten hingestellt, als Kämpfer für das Allgemeinwohl.

Perfide daran sei, erzählte Dorian immer aufgeregter, dass die Besitzer dieser ehemals illegalen Clubs sich jahrelang an der Steuer vorbei goldene Nasen verdient hätten, durch die sie säckeweise Koks jagten. Er, Dorian, wüsste das aus, nun ja, persönlicher Anschauung. Ihre Clubs wiederum waren durch restriktive Türpolitik aufgefallen: Die Partyelite durfte hinein, die Masse blieb draußen. Dass diese zugekoksten Steuerhinterzieher nun sogar die linksalternative Szene hinter sich wussten, sei doch mehr als merkwürdig. Johann Zeit würde also Plastikpuppen in Jesuslatschen und Fünf-Euro-Shirts kleiden und mit Botschaften versehen, und die Puppen dann aus Hubschraubern vor den Clubs abwerfen.

Vorn auf den Shirts würde *Ich bin nicht reingekommen* stehen, ergänzt um eine Jahresangabe oder die Anzahl der erfolglosen Versuche. Hinten stünde so etwas wie *Wie wir alle*. In den Hintern der Puppen könnten Dildos stecken, auf denen die Namen der Clubbesitzer tätowiert sind. Dadurch würde Johann Zeit einerseits der linken Ecke entrissen, in der er sich seit der waffenkritischen Graffiti-Aktion befand. Andererseits würde er so viel Hass absorbieren, wie es für einen radikal-kontroversen Künstler geboten sei. Danach wäre er bereit für die erste Werbeaktion.

Aufwand und Ertrag dieses Projektes reichen sich nämlich bislang nicht gerade die Hände, meine Lieben, sagte Dorian abschließend.

In den Gesichtern von Jakob und Ben las er, dass sie nicht überzeugt waren – er drückte auf einen Knopf und auf Bildschirmen vor ihnen erschien ein Koordinatensystem. Jakob befürchtete, nun mit Statistiken über Johann Zeits fiktive *friends* malträtiert zu werden. Dorian sagte: Was wir vor uns haben, ist der klassische Hype-Zyklus. Im Gegensatz zu vorhergehenden Phänomenen wollen wir aber jede Phase bewusst steuern.

Jakob wünschte sich hinter die lange Reihe von Trennwänden, welche ihn, Ben und Dorian von dessen Untertanen fernhielten, die sicher gerade schamlos Katzenvideos anschauten und Zuckerwasser tranken. Vielleicht war die Kreativindustrie gar nicht so übel. Wenn nur der Chef nicht so ein Arschloch wäre.

Dorian redete weiter und zwang Jakobs Konzentration mit strengem Blick wieder in die Spur. Der

Hype-Zyklus war ein für technische Innovationen entwickeltes Modell, das sich nach Dorians Ansicht auf das Massenphänomen Johann Zeit anwenden ließ. Die x-Achse im Koordinatensystem stellte die *Zeit* dar, der nach oben zielende Pfeil der y-Achse war mit *Aufmerksamkeit* überschrieben, der Leitwährung in Dorians Branche.

Nach dem auslösenden Moment, sei es nun die erste Mikrowelle, die knusprigen Pizzaboden hinbekommt, oder ein Superkünstler, der aus dem Untergrund auftaucht, steigt der Hype rasant an. Bis er seinen *Gipfel der überzogenen Erwartungen* erreicht, nimmt das Phänomen allerhand Ballast auf. Zwangsläufig werden irgendwann Erwartungen enttäuscht. Dorian machte eine Pause, wartete, bis Jakobs und Bens Augen auf ihm ruhten, stand auf und sagte mit ausgebreiteten Armen: Wir werden den unvermeidlichen downswing ins Tal des disappointments, ich meine der Enttäuschung, gezielt steuern, damit dieses Tal nicht zu tief wird. Deshalb gestalten wir diesen *Dummydrop*, wir können alte Erwartungen brechen, neue aufbauen und lassen die Brücken intakt.

Ben sagte: Du willst die Linken verprellen, auf die Mitte zielen und was genau erreichen?

Dorian riss seine Augen auf und sagte: Ja.

Jakob wurde es zu viel. Er entschuldigte sich und fragte, wo er rauchen dürfe.

Jakob stand auf der Terrasse. Der Tag war diesig. Die Stadt weigerte sich zu erwachen. Und das Wetter half mit.

Es ging Jakob nicht aus dem Kopf, dass Ben die Nachrichten an Jolanda geschickt haben könnte, dass er ihn seit Tagen hinhielt und wahnsinnig machte. Er fragte sich, warum zum Teufel Ben das alles tun sollte. Jakob hätte gerne jemand anderen verdächtigt, die SMS an Jolanda geschrieben zu haben. Wenn er nur gewusst hätte, wen.

Jakob hörte Schritte, es war Vesna. Sie bot ihm eine Zigarette an. Sie rauchten und schauten auf die Stadt.

Was mich am meisten nervt, sagte Vesna, ist sein Festhalten an gescheiterten Ideen. Wenn das halbe Team nicht weiß, was es tut, weil Dorian so ein Geheimniskrämer ist, wird nie jemand motiviert sein. Überzeugt ist nur, wer das Ziel kennt. Stattdessen geht hier alles im Chaos unter! Die Sicherheitssperre für die Trennwände funktioniert nicht, fast alle Grafiker sind mit gebrochenen Zehen außer Gefecht, außer Angelo, der sich immer in diesem Schlafsack vergräbt. Und wer noch da ist, wird in den Wahnsinn gezwitschert.

Jakob war irritiert, dass Vesna mit ihm redete wie mit einem vertrauten Verbündeten, als würde sie seine Ansichten kennen. Sie schien seine Zweifel zu lesen, griff Jakob mit einer Hand an den Bauch und packte eine Hautfalte.

Es machte ihn an und schmerzte zugleich.

Sie kam näher. Sie roch nach Wein.

Ich weiß ein paar Dinge. Ich weiß, dass du diesen Johann erfunden hast. Ich weiß, dass Dorian sich verrennt. Wie immer, wenn es ernst wird, verliert er den Überblick, spricht mit seinem Puls, als wäre der eine eigenständige Person, und bucht dann schnell den Flieger zu seinen Boys.

Jakob sagte: Ich glaube …

Vesna unterbrach ihn, indem sie ihren Zeigefinger an seine Lippen führte. Sie sagte: Johann Zeit macht sich breit und wir alle rennen nur noch hinterher. Es gibt Gerüchte, dass er demnächst im Fernsehen auftritt, und ich habe keine Ahnung, wer die gestreut hat …

Jakob versuchte Vesnas schmerzhaft zudrückende Hand von seinem Bauch wegzuschieben. Sie drückte noch fester, er schrie auf, sie redete einfach weiter: Du bist ein Niemand, deshalb geht es für dich um viel. Genauso wie für mich. Ich arbeite schon so lange durch, ich weiß gar nicht mehr, wie freier Tag geschrieben wird. Ich kenne Johann Zeit besser als er sich selbst. Ich werde nicht zulassen, dass Dorian alles an die Haie verfüttert, irgendwelche Scheißaktionen durchzieht und sich dann verzieht. Dorian kann es sich leisten, zu fliehen. Ich nicht. Und du auch nicht. Du wirst mir helfen. Oder es wird alles explodieren.

Vesna drückte ihre Lippen gegen seine, er küsste sie, sie wich aus, stieß ihn zurück. Sie drehte sich um und ging.

Jakob blieb minutenlang stehen.

Was um alles in der Welt war denn das gewesen?

Kurz kam Jakob der Gedanke, dass er froh sein könne, dass Johann Zeit offenbar nicht nur ihn wahnsinnig machte. Aber so einfach war das nicht. Es hingen mittlerweile reale Schicksale an der fiktiven Person Johann Zeit. Natürlich hatte Jakob bislang vor allem sich selbst betrachtet, aber da war er wohl nicht der Einzige. Er überlegte, einfach abzuhauen, ja, vielleicht sogar ans Ende der Welt. Abzuhauen und so zu tun, als hätte er den Namen Johann Zeit nie gehört.

Er wusste, dass er das nicht tun konnte. Er musste diesen Weg bis zum Ende gehen, wohin auch immer. Und er musste ihn jetzt gehen.

Jakob lief zurück in den *War Room*. Er nahm seine Bilderkiste und bat Dorian und Ben nach draußen. Zu dritt standen sie im schummrigen Gang.

Ben hat Ihnen von meinem Plan erzählt, richtig?, fragte Jakob Dorian.

Ja, das hat er. Lassen Sie mich noch mal zusammenfassen, damit wir uns auch alle einig sind. Sie wollen Ihre Bilder bei der *Utopian Art* unter Johann Zeits Namen ausstellen, die Szene begeistern, um anschließend als wahrer Urheber nackt aus der Torte zu springen. Richtig?

Ja, so in etwa. Nur ohne die Torte, sagte Jakob. Danach können Sie Johann Zeit haben. Für Werbung oder für was auch immer. Wenn wir das bei der *Utopian Art* durchgezogen haben, gehört er ganz Ihnen. Ich will ihn nicht mehr.

Ja, fein, sagte Dorian. Dann lassen Sie uns mal sehen.

Jakob packte die Arbeiten aus und stellte sie die Wand entlang auf den Boden. Dorian ging den Gang rauf und runter, er hatte dabei doch tatsächlich die ganze Zeit eine Hand am Kinn. Jakob hätte ihm dafür nur allzu gerne eine reingehauen.

Dorian blieb plötzlich stehen, kehrte auf dem Absatz um, eilte zu Jakob und schüttelte ihm mit beiden Händen die rechte Hand. Ja, lieber Jakob, ich finde das toll. Glücklicherweise sind Ihre neuen Arbeiten nicht so wie Ihre alten.

Dorian ließ Jakobs Hand los und sprach weiter. Ich muss gestehen, dass ich nur zwei Arbeiten von Ihnen kenne, aus diesem Etablissement *Fontäne 9*. Der Ort ist großartig, in genau solchen Clubs muss

Kunst auftreten, nicht in verstaubten Galerien. Die Werke selbst allerdings, diese Geister oder Schimären, nun ja … mich überkam beim Betrachten der Wunsch, mich zu erhängen. Was mich am meisten befremdete, war, dass ich keine similarity zwischen Ihnen und Ihren Arbeiten gesehen habe. Aber Ihre neue Serie ist ganz famos! Gorgeous!

Dann hätten wir ja alles geklärt, sagte Ben.

Jakob hatte fast vergessen, dass er auch noch da war.

Wunderbar!, sagte Dorian.

Ja, sagte Jakob. Eine Frage hätte ich aber noch.

Ben legte Jakob einen Arm um die Schultern. Wie der alte Columbo. Immer hat er noch eine Frage!

Jakob löste sich aus Bens Umarmung und fragte Dorian: Wissen Sie … okay, das ist mir zu blöd: Weißt du, wer in meinem ehemaligen Atelier wohnt? Und so aussieht wie Johann Zeit?

Allerdings weiß ich das, sagte Dorian.

Jakob schaute zu Ben, der plötzlich gar nicht mehr fröhlich wirkte. Er zündete sich eine an.

Dort wohnt ein von mir engagierter Mime. Er wird Johann Zeit verkörpern. Er hat es schon getan, bei der Parallelaktion und weiteren Anlässen. Ein sehr talentierter junger Mann. Er ist aus Kalifornien, seine Mutter ist Perserin, sein Vater aus Warschau. Ausgewandert sind sie aber nach Deutschland, weshalb er vorzüglich Deutsch spricht. Ein richtiger Kosmopolit! Er ist vorzüglich geeignet, optisch sehr ansprechend und überdies …

Du hast einen Schauspieler, der den Johann Zeit geben soll, in meinem ehemaligen Atelier einquartiert?, unterbrach ihn Jakob. Er spürte Groll in sich aufsteigen. Er wollte ihn stoppen, aber der Groll wuchs. Er schnürte Jakob die Kehle zu. Ließ seinen Schädel pochen.

Nun, warum sollte ich Ihr Atelier nicht für Johann Zeit mieten?, fragte Dorian. Es ist zentral gelegen, dafür sehr günstig, so etwas ist auf dem heutigen Mietmarkt kaum noch zu bekommen. Außerdem ist es doch großartig, wenn Johann Zeit die Energie seines Erfinders aufsaugen kann.

Ist es das?, fragte Jakob. Er spürte, dass seine rechte Hand sich zur Faust ballte. Diesem Dorian würde er es zeigen.

Aber natürlich. Ich habe mir auch erlaubt, Johann Zeit mit Ben bekannt zu machen. Es ist doch toll, wenn er die Menschen kennenlernt, die seinem Erfinder so viel bedeuten.

Mit immer noch zur Faust erstarrter Hand schaute Jakob zu Ben, der die Augen zusammenkniff.

Ja. Ich habe …, wie soll ich das sagen. Also, ich habe Jolanda mitgenommen, als Dorian uns mit Johann Zeit …

Hör auf, ihn so zu nennen!, brüllte Jakob.

Ja, also er heißt …, setzte Ben an.

Ich will nicht wissen, wie er heißt!, schrie Jakob.

Okay. Als Dorian uns mit dem Schauspieler bekannt gemacht hat. Da war Jolanda auch dabei. Sie war halt so enttäuscht, dass du sie nicht eingeweiht hattest. In die ganze Johann-Zeit-Aktion. So hat sie ihn kennengelernt, den … Schauspieler. Ich befürchte, sie haben sich etwas zu gut verstanden. Das wollte ich nicht, ich …

Jakob schlug zu. Seine Faust traf Ben am Kinn. Er ging nicht zu Boden, sondern taumelte zur Wand und hielt sich das Kinn.

Dorian schrie erschrocken auf. Er war bleich.

Keine Gewalt!, flüsterte er. Nur keine Gewalt!

26. Hinter einer Kurve

Jakob hatte da so eine Theorie.

Geld korrumpiert, eine leere Brieftasche dagegen hat viel Platz für Ehrlichkeit. Vielleicht sogar für Wahrheit. Die mittellosen Guten und die raffgierigen Bösen standen sich unversöhnlich gegenüber. So funktionierte die altbekannte Erzählung.

Jakob fand diese Annahme deprimierend, denn fast jeder herzensgute Habenichts strebte nach Reichtum, was im Grunde hieß, dass sie alle verdammt waren.

Dieses Problem wurde nicht einmal auf der Leinwand gelöst. Tony Montana war als Flüchtling in *Scarface* noch sympathisch. Als erfolgreicher Mafioso, der mit Zigarre im Maul die Zuneigung seiner eigenen Mutter zu kaufen gedenkt, war er ein Vollarsch. Grundsätzlich wurden Tellerwäscher, sobald sie zu Millionären aufgestiegen waren, zu jenen Charakterschweinen, die sie zuvor verachtet hatten.

Ohnehin war es so, dass die Theorie mit den falsch spielenden Reichen und den ehrlichen Armen nur für die Menschen selbst gelten konnte. Für die Sachen, die sie umgaben, galt das genaue Gegenteil.

Vorhänge an meterhohen Fenstern waren in den Häusern der Wohlhabenden aus richtigem Brokat und nicht aus schnödem Imitat. Eine erdrückend lange Tafel war wirklich aus Antikholz und sah nicht nur alt aus, weil jemand ordentlich gekalkt, gebeizt und mit Lauge rumgemacht hatte. Zumindest war das alles so in der Villa von Jolandas Vater Heinrich, gelegen an einer hügeligen Straße, umgeben von einem echten Wald, nicht bloß von etwas Grün.

Jakob erwachte aus seinen Gedanken. Er befand sich im Speisesaal ebenjener Jahrhundertvilla. Links von ihm rutschte Lissy im Wollpullover auf ihrem Stuhl hin und her, ihm gegenüber saß die mit ihrem Handy beschäftigte Jolanda. So hatte sie schon dagesessen, als Jakob gekommen war. Neben ihr hockte ihr Bruder Stefan. Jakob wollte nicht hier sein.

Er dachte an die Tage, als Leon und er im Kino *Passage* neue Filme mit einem Camcorder abgefilmt und ins Internet gestellt hatten. Die Schärfe musste bei jeder neuen Einstellung im Film nachgestellt werden – Leon behauptete, das sei völlig normal und er als Kameramann ein Profi –, wodurch jede Szene zunächst milchig wirkte. Selbst Zombiefilme bekamen bei Leon und Jakob eine wolkige Note.

Leon kannte den Filmvorführer des kleinen Kinosaals. Höchstens zwanzig Leute passten da rein, doch nicht einmal die kamen. Der Name des Kinos war unsinnig, es stand im Zentrum der nächsten Kreisstadt, das nur für ein Zentrum halten konnte, wer noch nie die Provinz verlassen hatte. Es befanden sich keinerlei Passagen oder sonstige städtische Extravaganzen in der Nähe. Den Abfilmern kam diese Abgeschiedenheit entgegen, sie konnten seelenruhig Leons Camcorder auf einen Stapel Schulbücher stellen und frische Ware elstern.

Es war die Zeit der übernatürlichen Wesen: wütende Dinosaurier in *Jurassic Park* hatten einige Jahre zuvor den Anfang gemacht, nun waren witzige Außerirdische in *Men in Black* und Milla Jovovich in *Das fünfte Element* dran. Doch es war auch die Zeit der *Titanic.* Jakob musste bei Leo DiCaprios Abgang in den Ozean heulen, aber heulen war nicht, denn Leon rastete schnell aus. *Titanic* war schwul, und schwul war damals schlimm. Jakob rannte zum Rauchen aufs Klo und heulte heimlich.

Sie stellten die Blockbuster direkt ins Netz. Geld bekamen sie dafür nicht, stattdessen gab es Anerkennung aus der Community. Es war eine Währung, die Jakob damals nicht verstand, vor allem, weil die meisten Mitglieder dieser angeblichen Community irgendwo in Deutschland verstreut lebten und sich nie persönlich trafen. Wenn er jetzt, mit der Erfahrung seiner dreißig Jahre, darüber nachdachte, konnte Jakob vergangene Mühen besser nachvollziehen. Sie wollten schlichtweg Lob, auch wenn es nur fürs Klauen war. Das brauchten sie doch alle: Lob. Anerkennung.

Jakob betrachtete Jolanda, die aufgeregt auf ihrem Handy rumtippte. Ihm wurde klar, dass er ihr in den vergangenen zwei Jahren wahrscheinlich höchstens fünf nette Sachen gesagt hatte. So viele Komplimente waren sicher allein heute auf ihrem Handydisplay erschienen.

Jakob ließ seinen Blick durch Heinrichs stuckverzierten Speisesaal schweifen. Er blieb an einer mannshohen Indianerfigur hängen, die in einer Ecke stand. Der Indianer schien in den ewigen Präriehimmel zu spähen und die Stille zu genießen, die sich in der Runde einnistete, denn alles schwieg, alles saß, alles wartete auf Heinrich. Dann betrat der Gastgeber den Saal. Er pflegte durch ein Guckloch in einem der Wandgemälde den Grad der Ungeduld seiner Gäste zu kontrollieren, wie Jolanda einst erzählt hatte.

Jakobs Handy vibrierte. Während er das Telefon aus der Tasche seines Columbo zog, den auszuziehen er sich weigerte, hörte er Lissy laut aufseufzen.

Auf seinem Display las Jakob: *Habe dir gesagt, dass es schiefgeht. Dummydrop: FAIL. Kann Dorian nicht erreichen. Wir müssen handeln. Vesna.*

Jakob schaute wieder auf und hörte förmlich, wie es in seinem eigenen Kopf ratterte. Er hatte gelesen, dass die Puppen in der vergangenen Nacht aus Hubschraubern gefallen waren und diese Aktion die meisten Netzaktivisten, egal ob Fans oder Gegner von Johann Zeit, eher ratlos hinterlassen hat. Doch war es nicht Dorians Absicht gewesen, Verwirrung zu stiften? Woher hatte Vesna überhaupt seine Nummer?

Jolandas Bruder Stefan verzog keine Miene, er verzog nie eine Miene; vielleicht klemmte seine eng gebundene Krawatte die Blutzufuhr zum Kopf ab.

Es war wieder still, nur die Kuckucksuhr an der Wand bewies, dass die Zeit selbst in diesem Speisesaal aus einem vergangenen Jahrhundert unaufhaltsam verstrich.

Die Tür ging mit leisem Stöhnen auf. Ein Kellner servierte die Vorspeisen. Avocadosalat, südafrikanisch, sagte er und verschwand. Das ganze Tamtam wurde Jakob zu öde, er nahm eine der vielen Gabeln neben seinem Teller und aß. Die Vorspeise schmeckte gut. Stefan schaute herüber. Aus seinem Blick sprach pure Verachtung.

Dann betrat Heinrich in einem weißen Leinenanzug den Raum, gestützt auf seinen Gehstock.

Ah, die Jugend, welch Schönheit, sagte er.

Wir dachten schon, du erscheinst nicht mehr, Vater, sagte Stefan.

Das hättet ihr wohl gerne, sagte Heinrich.

Gewöhnlich war es Lissy, die diese Abendessen erträglich machte, die halt irgendetwas sagte, bevor Heinrich genug Wein intus hatte und mit Geschichten über Gottlosigkeit und die Welt zu einem guten Gastgeber wurde. Das konnte dauern.

Jakob hatte seinen Salat bereits verschlungen, als er aufsah und bemerkte, dass er der Einzige war. Heinrich würde alles Grüne auf seinem Teller nicht anrühren, das wusste Jakob. Heinrich hasste Salat. Er sagte: Du warst lange nicht in diesem Hause, Jakob. Wie stehen die Dinge?

Gut, gut.

Heinrich lehnte sich vor und sagte: Es ist schön, dich hier zu sehen, ich wollte etwas mit dir besprechen. Selbstverständlich nur, wenn du bereit bist für berufliche Angelegenheiten in großer Runde. Jakob nickte.

Warum hast du deine Werke von der *Utopian Art* zurückgezogen?

Kurzes Schweigen.

Dann sagte Jolanda: Immerhin haben wir Johann Zeit für die Schau verpflichtet.

Heinrich wandte sich zu ihr. Ach, meine werte Tochter ist anwesend. Scheint unser Tischgespräch doch interessanter als dein mobiles Telefon?

Stefan sagte: Vater, nur damit du im Bilde bist: Dieser gewisse Johann Zeit hat in der vergangenen Nacht irgendwelche bemalten Puppen über Nachtlokalen abgeworfen. Die Puppen hatten Gegenstände in ihren Hintern stecken. Dies ist doch kein Niveau …

Jolanda holte Zigaretten heraus und zündete sich eine an. Mit einem Zippo. Es war nicht seine Jolanda, das war für Jakob nicht zu übersehen, wie es auch nicht ihr Zippo war, nicht ihre Art von Rauchware und nicht ihre Geste, wie sie ihren Kopf affektiert zurückwarf und den Rauch nach oben ausblies. Dann musste Jolanda husten.

Heinrich sagte: Jolanda, wie kommst du dazu, am Tische zu rauchen? Mutter hätte das nicht gewollt.

Jolanda sprang auf. Warum musst du jedes Mal, wenn dir etwas nicht passt, Mama missbrauchen?

Die Stille im Raum war vollkommen.

Jolanda schien den Wutanfall ihres Vaters nicht abwarten zu wollen. Sie ging.

Heinrichs Blick sprang durch den Raum wie Mücken um eine Lampe.

Stefan stand auf, entschuldigte sich und lief ebenfalls in Richtung Tür. Heinrich erhob sich, wankte und schrie: Du bleibst hier! Es reicht mit diesem Rumgezappel bei Tisch!

Stefan kehrte um, näherte sich Heinrich langsam und flüsterte ihm so laut ins Ohr, dass es alle hörten: Ich habe gesehen, wie sie von einem Mann auf einem Motorrad hier abgesetzt wurde. Ich glaube, unsere Jolanda ist gerade … verwirrt. Nicht ganz bei Sinnen.

Der Hauptgang kam. Marokkanisches Huhn mit Backpflaumen, Honig, Zimt und Couscous.

Jakobs Handy vibrierte erneut. Wieder eine Nachricht von Vesna.

Ein Dummy hat Typen in Warteschlange Schlüsselbein gebrochen. Polizei ermittelt. Wo bist du?

Jakob antwortete Vesna:

Kann gerade nicht. Sehe einer Familie beim Untergang zu.

Nein, so konnte er die Sache mit Jolanda nicht enden lassen. Nicht ohne ein Gespräch. Jakob sprang auf und rannte nach draußen. Dort lehnte Jolanda an einem weißen Pilaster. Sie rauchte.

Warum hast du mich eingeladen?, fragte Jakob.

Die Einladung ging von meinem Vater aus.

Jolanda, ich versuche mit dir zu reden.

Ja. Du versuchst.

Was soll das heißen?

Dass du etwas fragst, aber eigentlich etwas anderes meinst. Das haben wir beide jahrelang gemacht. Ich bin da genauso schuldig wie du. Aber ich habe darauf keinen Bock mehr.

Sie schwiegen. Jolanda rauchte.

Jakob drehte sich auch eine Zigarette. Es war alles wie in einem schlechten Film. Wenn der Hauptdarsteller nervös ist, fängt er an zu rauchen, weil der Regisseur seine Nervosität nicht anders darzustellen weiß. Zumindest war das so, als in Filmen noch geraucht wurde. Doch was sollte ein Raucher auch tun, wenn er nervös ist: Tee trinken? Wieso galt das authentisch Offensichtliche als minderwertig?

Weißt du was?, sagte Jolanda. Dieser ganze Mist hier, mein Vater, mein Arschkriecher-Bruder, Lissy mit ihrem ganzen Pseudo-Protest gegen *alles*, dieses beschissene Café … ich hasse das alles! Ich will das nicht mehr! Ich will leben. Ich will frei sein! Und wenn ich dabei aus der Kurve fliege, ist mir das auch egal.

Jolanda stieß sich vom Pilaster ab und rannte los, quer durch den Garten zum Eingangstor.

Jakob wollte hinterher, doch ihre Ablehnung hing wie ein Betonklotz an ihm. Er rief nur: Jolanda!

Sie blieb stehen, drehte sich um.

Ja?

Jakob bekam kein Wort raus. Er sah, wie hinter dem gusseisernen Eingangstor ein Motorrad hielt. Darauf saß ein Typ im Ledermantel, seine Mensch gewordene Zeichnung: das Kinn, der Bart, der überhebliche Blick – es war perfekt.

Jolanda lief zum Motorrad, sprang auf und legte ihre Arme um den Typ. Er hob eine Hand zum Gruß. Oder zum Abschied.

Das Motorrad heulte auf. Wenig später verschwand sein einsames rotes Rücklicht in einer Kurve.

27. Upside down

Vesna war wirklich eine Schönheit. Sie saß auf einem Barhocker, ihre Handtasche lag vor ihr auf dem Tresen wie ein Klumpen Gold. Ihr weißes Hemd passte perfekt, wahrscheinlich maßgeschneidert. Sie streckte ihren Rücken durch, ihre Brüste wölbten sich unter dem weißen Stoff. Unter dem Hemd zeichneten sich spitze Schulterblätter ab. Die schwarzen Locken fielen Vesna unaufdringlich ins Gesicht, die Augen wirkten im verrauchten Kellerlicht wie schwarze Edelsteine. Der Mund schien bereit zu einem Lächeln, aber das gab es sicher nicht geschenkt.

Jakob kippte seinen Wodka hinunter, wischte sich über den Mund und beobachtete weiter. Er saß schräg hinter Vesna im Halbdunkel, sie hatte ihn noch nicht bemerkt.

Vesna winkte den Barmann heran und bestellte, ohne ihn anzuschauen. Sie ließ ihn spüren, wer hier zahlt und wer liefert.

Im fahlen Kellerlicht wirkten ihre Züge von Minute zu Minute kantiger, und dass ihre Augen wie

Edelsteine waren, traf es gar nicht, sie waren eher schwarze Löcher, die alles um sich herum aufsaugten.

Jakob kippte den zweiten Wodka hinunter. Einer stand noch vor ihm.

Er war sich nicht sicher, warum er Vesna zurückgerufen hatte. Es lag wahrscheinlich an ihren Nachrichten wegen des Scheiterns des *Dummydrops* – wegen des drohenden Untergangs von Johann Zeit. Oder es lag daran, dass er nicht alleine sein wollte, nachdem Jolanda mit dem Ledermanteltypen davongefahren war. Vesna kam ihm gerade recht.

Direkt über ihr hing ein Teddybär verkehrt herum von der Decke. Sie hatte diese Upside-down-Bar in einem Kreuzberger Keller ausgesucht. Gedeckte Tische und volle Bierkästen hingen ebenfalls von oben herab. Eine Plastikblume baumelte umher.

Jakob war absichtlich früher aufgetaucht, hatte sich in einer Ecke verschanzt und zu viel Zeit. Ihm war aber nicht nach Gedanken. Also gab es: Schnaps. Manche Dinge mussten nicht unnötig verkompliziert werden.

Jakob kippte den letzten Wodka und ging zur Bar.

Vesna lächelte. Ich hätte nicht mehr gedacht, dass du zurückrufst, sagte sie, während Jakob sich umständlich auf den Hocker neben ihr setzte.

Ich auch nicht, murmelte Jakob und schaute Vesna von der Seite an.

So saßen sie eine Weile und sagten nichts. Es war schön, dass das mit Vesna so funktionierte.

Also. Wie sieht es aus?, fragte Jakob.

Was genau?, fragte Vesna zurück.

Jakob stellte fest, dass er selbst nicht wusste, was er meinte. Er hatte sie sehen wollen.

Ich kenne keine Details, sagte Vesna nach kurzem Schweigen.

Sie war sichtlich bemüht, sich nicht aufzuregen.

Sie sagte: Nachdem diese Puppe … bescheuerter Idiot, er! Also, die haben diese Puppe abgeworfen und jemanden damit getroffen. Ich habe Dorian danach zur Rede gestellt, aber er war totally relaxed! Als wäre alles nach Plan gelaufen. Ich habe ihm Wasser ins Gesicht geschüttet. Er war aufgebracht … Gehässigste hier, Gehässigste da … Ich bin jetzt in Ungnade gefallen. Aber das hält er nie lange durch. Dorian braucht mich.

Warum?, fragte Jakob.

Weil ich da bin, sagte Vesna. Er hat Ideen, er ist zugekokst oder inspiriert oder sonst was, aber … ich bin da. Ich mache den Job.

Und warum machst du ihn?

Das frage ich mich allerdings auch. Weißt du, ich … mein Vater hat sein Leben lang weniger pro Monat verdient, als dieses Hemd kostet! Picka ti materina!

Ihre Augen leuchteten.

Der hat irgendwo in der Herzegowina das Feld bestellt. Und das würde er immer noch machen, wenn er nicht irgendwann tot umgefallen wäre.

Und machst du etwas anderes?, fragte Jakob.

Nein. Wahrscheinlich nicht. Aber ich werde wenigstens gut dafür entlohnt.

Ist okay. Du musst dich nicht dafür rechtfertigen, dass du Geld verdienen willst, sagte Jakob.

Ich weiß. Und du musst nicht aus so einer überlegenen Distanz antworten. Die hast du nämlich nicht.

Ja, sagte Jakob. Er fand, dass er gelassen klang, geradezu abgeklärt. Der Wodka musste einen Schuss Seligkeit enthalten haben.

Vesna kramte in ihrer goldenen Handtasche und holte eine Packung Slimzigaretten hervor, nahm sich eine heraus und wartete, bis Jakob ihr Feuer gab. Sie rauchte schweigend.

Jakob wollte ihr nicht zu lange in die Augen schauen, die schwarzen Löcher würden ihn noch einsaugen. Er lehnte sich nach vorne, um einen Blick auf Vesnas Schulterblätter zu erheischen. Sie schaute ihn irritiert an.

Ist da was?

Nee, nee, ich wollte nur …

Ja?

Ist egal.

Vielleicht war das doch ein Schnaps zu viel, den du dir da in der Ecke zugeführt hast, sagte sie ohne jeden Vorwurf in der Stimme.

Du hast mich gesehen?

Jakob, tut mir leid, dir das zu sagen, aber du bist nicht gerade 007. Allein dieser komische Mantel und ... hier sind sonst fast nur neunzehnjährige Backpacker. Glaubst du, du fällst hier nicht auf?

Jetzt brauchte Jakob auch eine Zigarette. Er schaute sich um, während er drehte, da waren wirklich sehr viele sehr junge Gesichter.

Warum hast du eigentlich diese Bar ausgesucht?, fragte Jakob.

Vesna holte zwei Telefone aus ihrer Handtasche und legte sie vor Jakob hin. Eines davon war ein altes Nokia 3310, wie Jakob eines hatte. Vesna sagte: kein Empfang. Deshalb gehe ich gerne hierher.

Jakob bestellte zwei Wodka. Er brauchte das jetzt.

Vesna sagte: Auf Johann Zeit! Sie wollte anstoßen, aber im letzten Augenblick zog Jakob sein Glas zurück.

Auf den trinke ich nicht.

Sie sagte: Dann einfach so.

Sie schauten einander in die Augen, Jakob sah ins schwärzeste Schwarz. Sie tranken.

Jakob spürte eine wohlige Benommenheit. Er lauschte der Musik, die leise im Hintergrund lief –

wo war die vorher gewesen? –, das Lied kannte er, Nightmares on Wax, ein Beat wie eine rollende Welle. Es war gut so. Jakob fragte: Was willst du eigentlich von mir?

Vesna neigte sich zu ihm, Jakob sog ihren süßen Duft ein.

Die Frage ist, was du willst.

Jakob zuckte zurück, er hatte sich zwar im Griff, dachte er, aber nichts unter Kontrolle. Was wollte er eigentlich? Was für eine bescheuerte Frage war das denn? Jakob spürte, sie war in ihm, die Antwort, die nichts lösen würde. Aber es gab sie.

Vesna schaute ihn immer noch fragend an.

Jakob sammelte sich und sagte: Ich will Dinge aus sich selbst heraus erschaffen. Und dass die Menschen diese Dinge lieben.

Vesna zwinkerte einige Male zu oft und sagte: For real? Ist das deine Antwort?

Eine bessere habe ich nicht.

Was genau meinst du damit?

Jakob stieß hervor: Ich will dasitzen mit nichts als einem Stift und einem Blatt Papier. Am Ende des Tages habe ich ein Bild. Die Leute lieben es. Das war's.

Wie, das war's?, fragte sie. Was hindert dich denn daran, das zu tun?

Sie alle, sagte Jakob. Sein Zeigefinger wanderte wie auf einer Landkarte von Person zu Person in der

Bar. Er sagte: Es ergibt nur Sinn, wenn die Menschen etwas mit diesem Bild anfangen können.

Du meinst, wenn sie bereit sind, dafür zu zahlen? Oder wie soll sich diese Liebe ausdrücken?

Diese Frage versetzte Jakob einen Stich, aber es nützte nichts. Ja, von mir aus! Geld ist nicht das Einzige, aber es ist wichtig, es ist messbar, es …

Vesna legte Jakob einen Finger auf den Mund, aber nicht so herrisch wie bei ihrer ersten Begegnung. Zärtlicher. Noch mal zwei!, rief sie laut zum Barmann, der doch tatsächlich seinen Daumen hob und grinste.

Vesna rückte noch näher an Jakob heran. Darling, das ist eine Illusion. Eine sehr süße Illusion, zugegeben, aber … du erschaffst nichts aus sich selbst heraus. Allein dieser Satz ergibt keinen Sinn. Du bist der Sohn deiner Eltern, der Bewohner deiner Wohnung, ein Mensch auf dem Planeten …

Das ist mir klar, sagte Jakob und fragte sich gleichzeitig, wie klar ihm all das wirklich war.

Solange du nicht alleine im Urwald lebst, steckst du in einem Verwertungszusammenhang. That's life.

Schon möglich, sagte Jakob.

Einer ging noch. Jakob wollte bestellen, aber da stand ja schon ein Drink, dunkel, wahrscheinlich Jäger, es war egal. Vesna wollte anstoßen, Jakob zögerte, sie trank.

Es ist doch so, sagte Jakob, während er sich in seinem Kopf die passenden Worte zurechtlegte, die dort weder schwimmen noch richtig absaufen wollten, wenn ich einfach male, das Bild verkaufe und davon lebe, kam der Impuls von mir. Dann geht alles von mir aus, ich agiere, meine Umwelt reagiert.

Jakob kippte den Jägermeister. Dann sprach er weiter. Wenn es ein Auftrag ist, eine bestellte Arbeit, die ich anfertige, weil ich weiß, dass jemand sie will, dann ist es irgendwie schon eine Dienstleistung.

Und das ist schlimm?

Nein. Aber dann beherrsche ich es nicht. Es kontrolliert mich.

Vesna zog an ihrer Zigarette, legte sie in den Aschenbecher, rückte erneut näher. Es war doch alles schon mal da! Niemand erschafft etwas. Es geht immer nur darum, neue Worte für alte Gefühle zu finden.

Ja, eben!, rief Jakob. Er betrachtete fasziniert den spöttischen Ausdruck in Vesnas Gesicht. Sie öffnete mit einer kaum wahrnehmbaren Bewegung ihren obersten Hemdknopf. Er versuchte, ihr nicht in den Ausschnitt zu starren, es gelang ihm nicht wirklich. Ja, diese Unterhaltung war schon eine sehr wegweisende Sackgasse.

Wieso sprach er mit Vesna überhaupt über sich und seine Malerei? Hatte sie ihn nicht treffen wollen, um über Johann Zeit zu reden? Jakob blickte Vesna in die Augen. Hatte er laut gedacht?

Vesna sagte: Johann Zeit.

Jakob sah sie fragend an.

Vesna sagte: Johann Zeit ist dein größtes Werk.

Jakob schwieg. Ich weiß nicht, ob er deinen seltsamen Vorstellungen genügt, von wegen *aus sich selbst heraus geschaffen* und so, aber du hast dir diese Figur ausgedacht und jetzt redet halb Berlin von ihr. Johann Zeit ist zwar kein Bild, aber …

… aber er fährt mit meinem Mädchen auf dem Motorrad davon, brach es plötzlich aus Jakob heraus.

Er macht was?, fragte Vesna.

Vor ein paar Stunden. Ich war mit Jolanda bei ihrem Vater. Dann kam …

… dann kam Johann Zeit und ist mit deinem Mädchen durchgebrannt?, fragte Vesna mit hochgezogenen Augenbrauen.

Ja.

Ich wusste es doch!, rief Vesna laut aus.

Was wusstest du?

Dass es total gefährlich ist, einen Schauspieler zu engagieren. Aber Dorian will einfach nicht auf mich hören, dieser …

Vesna schüttelte den Kopf. Sie rauchte schon wieder. Oder immer noch. Sie rauchte irgendwie immer.

Vielleicht hat Dorian auch mehrere Schauspieler engagiert, um Verwirrung zu stiften, und damit nicht alles an einer Person hängt …

Du weißt so etwas nicht? Ich dachte, du wärst seine Assistentin.

Tja, my dear. Nur weil ich Dorians rechte Hand bin, heißt das nicht, dass ich erfahren darf, was die linke tut. Für mich macht er da keine Ausnahme. So hält er uns alle wie kleine Rädchen in seinem Uhrwerk. Und wenn dieses Uhrwerk kaputtgeht, fliegt Dorian in den Urlaub und wir dürfen alle die Trümmer auffegen. Ich kann dir gar nicht sagen, wie satt ich das habe …

Jakob sah, dass Vesna nicht mehr mit ihm sprach, sondern dass es in ihr arbeitete. Sie hatte kleine Fältchen um den Mund, die ihm vorher nie aufgefallen waren. Vielleicht kamen sie nur nachts raus. Nachtfältchen.

Später stolperten sie die Wrangelstraße entlang. Jakob wusste nicht mehr, wie es dazu gekommen war. Irgendwann mussten sie aufgebrochen sein.

Vesna erklärte ihm gerade irgendwas. Jakob bemerkte, dass sie ganz schön durch war.

Das ist eben, was Performance politisch macht, sagte Vesna, wie um eine längere Rede mit einer sinnvollen Pointe abzuschließen.

Was?, fragte Jakob. Er hatte nicht zugehört.

Vesna lachte laut auf, die Nacht war still sonst.

Sag noch mal, bat Jakob.

Dass Performance nicht einfach Freiheit repräsentiert, sondern dass sie zeigt, wie Freiheit produziert wird. Das ist von Ben … ach, fuck, ich meine Baz …

Ben hat das gesagt?, fragte Jakob.

Nein, du Idiot. Lass mich doch ausreden. Baz Kershaw hat das gesagt. Das ist so ein … Hast du nicht auch mal studiert? Irgendwas?

Ja, sagte Jakob. Irgendwas. Aber ich war nicht da.

Vesna lachte. Sie ging in die Hocke und lachte.

Jakob blieb stehen. Er betrachtete im fahlen Laternenlicht, wie sich ihre spitzen Schulterblätter durch ihr Hemd abzeichneten.

28. UTOPIAN ART

Aus der Ferne strahlte Jakob von einem überlebensgroßen Banner der Schriftzug UTOPIAN ART entgegen. Eine Stadt aus Licht, Planen, Spannseilen und unablässig aufsteigendem Dunst lag vor ihm.

Fünf Spitzen bildeten die Skyline der Zeltmetropole. Sie erinnerte an ein Tuch, das von unsichtbarer Himmelshand an fünf Fäden emporgehalten wird. *Neuschwanstein aus Nylon und Polyester*, nannten die Erbauer ihre Konstruktion. Jakob hatte das in einer Broschüre gelesen, die man ihm im nahe gelegenen Hauptbahnhof in die Hand gedrückt hatte. Darin wurde das Hauptzelt – das Chapiteau – als größtes seiner Art gewürdigt. Von diesem Hauptzelt gingen sternförmig die Pavillons der ausstellenden Künstler ab. Einer davon gehörte Johann Zeit.

In der Broschüre wurde die Kunstschau zum Wesen erklärt, das erst im Prozess seiner Entstehung zum Leben erwacht. Auf den nächsten Seiten kamen die Texter dann aber so richtig in Fahrt.

Unter anderem wurde der *Utopian Art* die Rolle einer *Trägerrakete bei der Umwälzung des Kulturkos-*

mos zugedacht. Bedankt wurde sich in gewundener Agenturprosa bei einem Mineralölmulti, der für die *Utopian Art* die Errichtung seiner neuen Firmenzentrale auf der Brache vor dem Bahnhof verschoben habe, da ihm die Kunst ein Herzensanliegen sei und sein Herz so groß und so schwarz wie der Ölteppich im Golf von Mexiko.

Den letzten Teil hatte Jakob in Gedanken ergänzt. Wahrscheinlich war er von den Transparenten beeinflusst worden, die ein paar Demonstranten vor dem Bahnhof hochgehalten hatten. Sie protestierten gegen die *von der Öl-Mafia finanzierte Leistungsschau*, gegen die *Vermengung von Kunst und Kommerz*, gegen die *größenwahnsinnige Inszenierung der* Utopian UNart.

Jakob verlangsamte seinen Schritt, holte die Broschüre hervor. Als er sie vorhin gelesen hatte, war ihm aufgefallen, dass er nichts über die *Utopian Art* wusste. Nichts außer dem, womit er selbst zu tun hatte. Er wusste, dass Jolandas Vater einer ihrer Mäzene war, er wusste, dass Dorian Johann Zeit in die Ausstellung laviert hatte, er wusste, dass sie für Szene und Stadt wichtig war. Aber sonst? Es schien Jakob plötzlich, als lebe er unbeabsichtigt Dorians Prinzip, immer nur so weit wie nötig informiert zu sein.

Während er die letzten Meter auf die Zeltstadt zulief, kam Jakob die vergangene Nacht in den Sinn. Sie waren zu Vesna nach Hause gestolpert, dort hatte sie ihnen Whiskey eingeschenkt und sich aufs Bett fallen lassen.

Jakob hatte auf der Bettkante gesessen und über ihre Frage aus der Bar nachgedacht. Was hinderte ihn daran, einfach zu malen? Also den Teil seiner Vorstellung vom Leben zu leben, der von ihm abhing?

Nichts hinderte ihn daran.

Eben gar nichts.

Er wollte das Vesna sagen, drehte sich um und … fand sie schlafend. Eine Locke lag quer in ihrem vom Mondschein erhellten Gesicht.

Jakob hatte lange nicht einschlafen können. Es war einfach zu seltsam, dass erst Vesna ihn auf solche Gedanken brachte.

Während er die letzten Meter auf den Eingang zulief, überkam Jakob ein Gefühl von Dankbarkeit. Er hatte sich allzu gerne in seinem Netz verfangen, Vesna hat ihn auf die Lösung aufmerksam gemacht. Die letzten Schritte musste er nun allein gehen.

Jakob ging in Gedanken noch einmal seinen Plan durch: Er würde warten, bis Johann Zeits Arbeiten von Stadt und Szene gefeiert wurden, dann die Siegel abschlagen und sich als wahrer Urheber zu erkennen geben. Es schien alles ganz einfach.

Jakob bekam weiche Knie.

Nicht weil er an den Erfolgsaussichten seines Plans zweifelte, sondern weil er unsicher war, ob er einen Plan dieser Art noch benötigte.

Trotzdem lief er weiter.

Er war zu weit gegangen, um sich jetzt einfach umzudrehen und abzuhauen.

Jakob tauchte ein in den Menschenstrom. Die meisten machten einen Bogen um ihn, was Jakob nicht weiter verwunderte. Er war alleine unterwegs und trug seinen Columbo. Bestimmt erwarteten alle, dass er eine Waffe oder sein Ding darunter hervorzückte; irgendetwas, das sich gut unter einem Trenchcoat verstecken ließ und keiner sehen wollte. Oder sie machten einen Bogen um ihn, weil er verkleidet war, weil Menschen instinktiv all jene meiden, die jemand anders zu sein vortäuschen. Diesmal trug er keine zu engen Hosen, er war nicht Johann Zeit. Aber er war als Jakob Ziegler verkleidet, als der Jakob Ziegler aus vergangenen Zeiten. Dieser verfluchte Columbo … Jakob würde sich nie wieder verkleiden, schon gar nicht so pseudo-geheimnisvoll.

Er holte Carlos Notizbuch aus dem Trenchcoat und steckte es in eine Arschtasche seiner Hose. Dann zog er den Columbo aus und ließ ihn in den Dreck fallen. Es war ein mickriges Symbol für eine große

Entscheidung, aber das musste genügen. Er musste diese Nacht als er selbst durchstehen.

Hinein.

Jakob bekam ein Bändchen, akzeptierte den Begrüßungssekt. Er stand auf der Gästeliste – Jolanda hatte ihn also nicht streichen lassen, nachdem er seine Arbeiten zurückgezogen hatte – und wurde vom Fußvolk getrennt in einen separaten Eingangsraum geleitet.

Jakob bekam eine Einweisung, deren wesentliche Information darin bestand, dass die Eröffnungsrede in wenigen Minuten im Chapiteau beginnen würde und der *Normalbetrieb* in den anderen Zelten und Pavillons erst danach. Jakob solle auf alles, aber wirklich alles gefasst sein.

Jakob war auf wirklich alles gefasst, trat ins Chapiteau und bekam seinen Sektbecher ins Gesicht geschlagen. Er hätte es für einen gelungenen Eingangsscherz gehalten, doch es war keiner: Ein Tumult war schuld. Die Demonstranten aus dem Bahnhof waren gerade dabei, sich mit ihren Transparenten und all ihrer Wut Zutritt am Haupteingang zu verschaffen, wobei einige Sicherheitsleute versuchten, sie aufzuhalten, und andere untätig danebenstanden, als spielten sie guter Bulle, böser Bulle.

Ein ergrauter Rastamann, dessen ausgeprägte Wangenknochen ihn aussehen ließen wie ein Skelett, rief seine Mitstreiter zum Widerstand auf, obwohl die Gruppe bereits so gut wie drin war und der Widerstand der Sicherheitsleute ohnehin erlahmte.

Manche Demonstranten diskutierten seltsam selbstsicher mit den Sicherheitsleuten, als würden sie ihnen erklären, was sie zu tun hatten.

Jakob besorgte sich einen neuen Sektbecher und drückte sich zu dem dreißig Meter hohen Pfeiler in der Zeltmitte durch. Obwohl das Publikum noch lärmte – es musste eine vierstellige Anzahl Menschen hier versammelt sein –, trat auf der Bühne ein maliziös grinsender Mann um die sechzig ans Mikrofon. Er trug Schwarz, seine Haare und sein zum Zopf geflochtener Bart waren weiß. Wie der Prototyp eines alternden Künstlers, dachte Jakob.

Der Zopf hustete ins Mikrofon, riss lautlos seinen Mund auf, wie zu einem stillen Schrei. Alle sahen zu ihm.

Guten Abend, ihr Exponate, sagte er mit starkem slawischen Akzent und deutete dabei auf das Publikum. Jedes einzelne Wort, jede Silbe presste er mit Nachdruck zwischen seinen Lippen hervor.

Der Zopf sagte: Wir werden heute nicht lösen die älteste Frage: War zuerst da Huhn oder Ei?

Einige so bezeichnete Exponate riefen: *Huhn*, andere brüllten: *Ei*, von hinten schrie jemand: Zuerst der Hühnerstall!

Der Zopf schritt auf der Bühne auf und ab, zog Grimassen und an einer E-Zigarette. Er blieb stehen. Die Haut an seiner Faust spannte, als würde er das Mikrofon erwürgen. Wir werden auch nicht lösen diese älteste Frage: War zuerst da Menschenzoo oder Voyeur?

Ratlose Blicke trafen sich, Köpfe schwenkten umher, Pfiffe erklangen. Die Leute wurden ungeduldig. Der Zopf redete gegen die Menge an und wirkte dabei zunehmend wie in ein Selbstgespräch vertieft.

Jakob verstand lediglich, dass die Demonstranten rund um den Skelettmann auf Einladung der Festivalmacher da seien, um gegen das Festival zu demonstrieren. Der Zopf war darüber erfreut, dass die Demonstranten sich aber nicht an das vereinbarte Protokoll hielten und bereits im Chapiteau protestierten, obwohl sie das erst in den Pavillons tun sollten. Vor allem in einem Pavillon.

Ist eingeladener Protest der einzige, der uns bleibt?, rief der Zopf in die Menge.

Nun drehten sich die meisten Köpfe zu dem Grüppchen mit den Protestbannern, das überwiegend aus Mädchen in Wollpullis bestand, denen die vielen Blicke sichtbar unangenehm waren. Einige von ihnen versteckten sich hinter ihrem Anführer, dem Skelettmann, der pflichtbewusst sein Plakat mit der Aufschrift *Utopian UNart* in die Höhe reckte. Der Zopf klang heiser, als er sagte: Wir glauben zu leben in einer Zeit des Wandels. Doch nein! Wir leben in einer Periode der Stagnation.

Die Augen des Künstlers sprühten Funken. Er redete sich in Rage, sprach über Staatskünstler, über das von der kleptokratischen Weltelite bezahlte Unterdrückungssystem Kunstmarkt, über weltweite Demonstrationen, die nur ein Ventil seien, um Druck aus der *parasitären Wesenheit* zu lassen, die wir alle ernährten.

Er knabberte an seiner E-Zigarette und kam auf Johann Zeit zu sprechen, von dem der Zopf nicht erwartete, dass er sich unterordnete. Im Gegenteil, vielmehr solle er intervenieren gegen den Wahnsinn des Erwartbaren, gegen alles, was sich einpasst in gewohnte Muster.

Die ganze Nacht habe ich gestritten mit dem Johann, rief er von der Bühne in die Menge. Aber wir vermochten nicht zu klären die Frage, ob war da zuerst der Johann Zeit oder der Glaube der Menschen an den Johann Zeit!

Bei der Erwähnung von Johann Zeit buhten die Demonstranten. Jakob blickte zum Zeltdach und glaubte es flattern zu sehen. Auf der Bühne rief der

Zopf mit gerötetem Gesicht: Ich habe verlebt ein langes Leben, beschissenes Leben, ihr alle macht es doch besser!

Der Pavillon, in dem die Arbeiten von Johann Zeit hingen, glich einem langen flachen Schlauch. Die Wände waren weiß, der Geruch von Farbe kroch Jakob beißend in die Nase. Es gab eine Bar und ein kleines Podest mit einem Türchen dahinter. Darüber stand: Backstage.

Jakobs Herz schlug schneller: An den Wänden hingen verhüllte Bilder. Zwölf verhüllte Bilder. Sie waren da.

Jakob ging zu einem der Bilder. Die Schutzplane davor war weiß und mit Nägeln um das Bild herum an der Wand befestigt. Jakob konnte nicht widerstehen, zog an einer Ecke, riss die Plane unter dem Nagel heraus, dann aus einem zweiten, schon konnte er einen Teil des Bildes sehen. Es war *Wiedergabe 4*.

Jakob betrachtete die Videokamera mit Händen und Füßen, die einen Liliputaner vor sich hertrug. Er wusste, dass auf der anderen Bildseite eine Familie beim Picknick saß. Es war sein Bild, sein Bild mit dem roten Siegel und den Initialen *J. Z.* bei der *Utopian Art*.

Es war tatsächlich sein Bild!

Ein Wachmann riss Jakob an der Schulter herum. Erste und letzte Warnung, sagte er.

Jakob hob entschuldigend die Hände, er war kurz davor zu rufen: Ich bin der Künstler, fass mich nicht an!

Nein, noch war es zu früh.

Er ließ vom Bild ab, ging weiter.

Pavillon Zeit verwandelte sich innerhalb weniger Minuten in ein Protestcamp mit angeschlossenem Kulturbetrieb – die Demonstranten hielten Einzug. Unter ihnen erkannte Jakob Lissy, die sich mit einer Frau um eine Zeltstange balgte. Hinter ihr schlug der Skelettmann mit einem Hammer Pflöcke durch den Gummiboden des Pavillons in die Erde. Er rief Kommandos, die von den übrigen Aufbauhelfern kaum befolgt wurden. Drei Igluzelte standen bereits, ein viereckiger Pavillon wurde aufgebaut; Zelte im Zelt, ein Pavillon im Pavillon, und drum herum blitzte Kameralicht.

Es wirkte verstörend natürlich, wie das Protestcamp sich in den Zeit-Pavillon fügte. Es hatte sich ausgebreitet wie ein gutartiger Tumor, der vom Körper gepflegt und in seinem Wachstum begleitet wird. Die Botenstoffe waren Assistentinnen, die mit zusammengebundenen Haaren, Zugangskarten um den Hals und unpassenden Stöckelschuhen herumrannten und die Zelte auf ihre Plätze wiesen.

Die Zelte sollten *please* nicht zu nah an das Podest, weil der Künstler dort später zu sprechen gedenke. Brandschutzvorschriften waren zu beachten. Dagegen zu sein, erforderte heutzutage reichlich Konformität, dachte Jakob. Einzig der Skelettmann war nicht an einer geordneten Machtübernahme interessiert, er baute ein Zelt trotz eindringlichen Zuredens gleich dreier Assistentinnen unweit des Podestes auf.

Ein Tropfen fiel von der Decke auf den Kopf des Skelettmanns, der wütend herumfuhr, den Übeltäter aber nicht ausmachen konnte. Draußen war eine heiße Sommernacht – und Pavillon Zeit hatte sich in eine tropische Klimazone verwandelt.

Da bist du ja, hörte Jakob von hinten. Er drehte sich um und sah in Vesnas schwarze Augen.

Ich glaube, Ben hat etwas vor, sagte sie.

Ben?, fragte Jakob. Was denn?

Ich weiß es nicht. Aber er ist so komisch durch den Backstagebereich geschlichen. Wollte nichts erzählen. Er hatte Carlo bei sich. Dann ist er einfach verschwunden.

Hast du irgendeine Ahnung, wohin?

Vesna schüttelte den Kopf. Sie streckte die Hand aus, Jakob nahm sie in seine, hielt sie für eine Sekunde fest. Er ließ los.

Das Protestcamp hatte sich formiert und eine Asamblea einberufen. Menschen hoben abwechselnd eine oder beide Hände, übergaben sich das Redeholz und redeten doch wild durcheinander. Ankommende Besucher bestaunten die Spezies Protestler.

Jakob sah Lissy mit erhobener Hand zwischen den Demonstranten und drängte sich zu ihr durch. Was läuft hier eigentlich?, fragte er. Lissy schien überrascht, ihn zu sehen.

Siehst du doch. Wir besetzen, sagte Lissy.

Auf Wunsch der Festivalleiter, oder wie?, fragte Jakob.

Wir haben halt die Chance genutzt zu zeigen, dass wir so eine Leistungsschau ablehnen. Dass die auch noch Johann Zeit eine Plattform bieten, nach der Scheißaktion mit diesen Puppen! Aber wenn die glauben, dass wir nach deren Pfeife tanzen, haben die sich geschnitten.

Jakob wusste nicht, was er entgegnen sollte. Der Begriff Menschenzoo schwebte in seinem Kopf umher, ohne nach draußen zu gelangen. Lissy erklärte, dass sie es ernst meinten. Wenn Johann Zeit gegen die alternative Szene vorging und dabei sogar Menschen verletzte, musste er mit Widerstand rechnen.

Jakob schwieg, schwieg und begriff, dass etwas in diesem Pavillon passieren würde, dass diese Chose unmöglich darauf angelegt war, dass jemand ein paar nette Begrüßungsworte sprach, Bilder enthüllte und den Pavillon sich selbst überließ.

Er wollte gehen, Lissy fasste ihn am Arm und sagte: Hast du Ben gesehen?

Jakob schwieg so lange, bis Lissy weiterredete: Was ich meine, ist, ich meine ... weißt du, ob er mich sehen will ... ich meine, ob er ...

Nein, sagte Jakob. Ich weiß es nicht.

Jakob rief Vesna an. Sie versprach, ihn backstage zu bringen. Während er wartete, klopfte ihm jemand auf die Schulter. Severin. Und sein Onkel Albert. Sie sahen aus wie alte Freunde, die sich nichts zu sagen hatten und froh waren, ein gemeinsames Interesse gefunden zu haben: Jakob.

Onkel Albert schnaufte, sagte: Deine Mutter hat sich solche Sorgen gemacht. Du bist nicht ans Telefon gegangen und eine Adresse hast du ja nicht mehr. Da habe ich Severin angerufen und mir sagen lassen, dass du bestimmt hier bist. Und dann bin ich einfach nach Berlin gefahren!

Jakob verspürte keinen Drang, mit Albert zu reden. Er wollte sich nicht erklären.

Severin erdreistete sich, Jakob den Kopf zu tätscheln und zu sagen: Warst im kreativen Off, was?

Jakob drehte seinen Kopf weg. Geht es dir gut?, fragte Albert.

Ja, sagte Jakob.

Wieso meldest du dich dann nicht? Wegen diesem karitativen, ich meine kreativen …, sagte Albert.

Kreatives Off, sagte Severin.

Ja, sagte Jakob.

Ach, wenn wir dich nur einmal zu so einer Schau kriegen würden!, sagte Severin.

Es ist ja nichts verloren. Da lässt sich bestimmt etwas arrangieren, vielleicht kann ich dir unter die Arme greifen, sagte Albert.

Danke für alles, was du für mich getan hast, Albert. Auf Wiedersehen, hörte Jakob sich sagen und war froh. Es gab nichts mehr abzurechnen.

Jakob wartete in der Nähe der kleinen Tür hinter dem Podest, bis Vesna nach einer Weile endlich auftauchte und ihn mitnahm.

Sie gingen einen schmalen Gang entlang. Vesna führte Jakob vor die Tür eines Containers – vermutlich ein klassischer Schiffscontainer –, dessen Kopfseite in den Zeltgang ragte. Darüber stand: Johann Zeit.

Die Tür wurde von zwei Männern in schwarzen Anzügen bewacht, die wie die Leibgarde eines Präsidenten aussahen. Vesna zog Jakob weiter hinter sich her, blieb dann stehen, holte ihr Smartphone heraus und spielte Jakob eine Videonachricht vor.

Habe ich gerade erhalten, sagte sie noch.

Jakob sah, dass die Hand, mit der sie ihr Telefon hielt, zitterte.

Dorian blickte ihnen entgegen, im Hintergrund waren grüne Hügel zu sehen.

Liebe Vesna. Die viele Aufregung lässt meinen Puls hochschnellen. Das muss natürlich nicht sein. Deshalb habe ich beschlossen, mich etwas auszuruhen. Für die Utopian Art ist ja alles angerichtet. Dich und alle anderen Gäste erwartet am Ende des Abends übrigens noch eine famose Überraschung, die ich mir erlaubt habe vorzubereiten.

Ich wusste es, sagte Vesna. Er wird Chaos hinterlassen und abhauen. Ich wusste es. Ich wusste es doch. Ich …

Es packte Jakob.

Er lief den Gang entlang, hörte Vesna nach ihm rufen. Er blieb nicht stehen.

Es musste noch einen anderen Weg in den Container geben, einen unbewachten. Die Zeltplane schloss bündig um die Vorderseiten der zahlreichen Container, aus dem Gang heraus war da nichts zu machen.

Jakob suchte in den anderen Gängen nach einem Ausgang. Er fand keinen. Er stand vor der Backstage-Bar und befahl sich Ruhe. Er musste durchatmen, nachdenken.

Neben der Bar war ein Raum mit Fernseher. Dort wurde das Geschehen aus dem Pavillon Zeit übertragen. Die Demonstranten, angeführt vom Skelettmann, brüllten ihre Wut auf Johann Zeit heraus. Auf einem Plakat stand: *Johann rechtes Faschoschwein, lass die Clubs doch einfach sein!* Um die Demonstranten herum warteten Zuschauer darauf, was als Nächstes passieren würde.

Jakob konnte nicht warten.

Er ging wieder in den Gang mit dem Container von Johann Zeit, die beiden Sicherheitsleute standen immer noch vor der Tür. Verdammt.

Jakob irrte durch die Backstage-Gänge der *Utopian Art*, suchte nach einem Ausweg, nach einer Lücke im Zeltsystem. Auf einem benutzten Teller fand er ein Steakmesser. Als er sich unbeobachtet fühlte, stach er zu. Die Plane war widerspenstig, aber sie gab nach.

Bei seiner wilden Suche hatte Jakob die Orientierung verloren. Es waren zu viele Schiffscontainer, die sich nachts glichen wie Katzen. Er betrachtete ihre identischen Rückseiten und freute sich trotz seiner Verwirrung, an diesen Rückseiten Hebel zu entdecken, die so aussahen, als würden sie die Container öffnen.

Jakob hörte Schritte und war nicht sicher, woher sie kamen. Aus dem Chapiteau drangen Jazz und Wortgewirr.

Er lief zwischen Zeltplanen und Containern umher, das Scheinwerferlicht brach sich an den Seilformationen der Zeltstadt, fiel in dünnen Streifen auf die Erde; Kabel wurden zu Stolperfallen. Es gab unzählige Hebel, Drehschrauben, Verschlüsse. Der technische Unterbau der Maschine Kunstschau.

Jakob bog um einen Container und stieß mit jemandem zusammen.

Es war Carlo.

Was zum Teufel machst du hier?, fragte Jakob.

Ich führe einen Auftrag durch, sagte Carlo. Er wirkte auf Jakob seltsam, ungewohnt, er brauchte einige Momente, um zu verstehen, warum. Ja, Carlo wirkte nüchtern. Nüchtern und irgendwie … konzentriert. Er trug auch nicht seinen Mantel, sondern eine schwarze Lederjacke, wahrscheinlich von Ben.

Und du?, fragte Carlo.

Ich will in den Container von Johann Zeit. Dort hat sich dieser Schauspieler eingeschlossen, mit dem Jolanda … egal. Was für einen Auftrag hast du, Carlo?

Also ich habe ihn schon ausgeführt. Den Auftrag. Es geht los.

Jakob bedeutete Carlo, ihm zu erzählen, was für ein Auftrag das war.

Carlo sagte: Das warst nicht du, Jakob. Johann Zeit, das alles … das warst nicht du.

Jakob sagte: Was meinst du damit? Natürlich bin das nicht ich, aber …

Carlo sagte: Der Container von Johann Zeit. Das ist der rote, da drüben.

Carlo zeigte auf einen Container. Dann drehte er sich um und hinkte zielstrebig davon.

Jakob wollte zum Pavillon Zeit. Es geht los, es geht los … was geht dort los?

Was auch immer.

Jakob wusste, dass er erst den roten Container öffnen musste.

Er stapfte los, der Rasen zwischen den Pavillons war feucht, als wäre die Zeltstadt auf einem Sumpf errichtet worden. Jakob griff sich einen der Hebel am roten Container, er gab nach. Dann noch ein zweiter.

Jakob öffnete den Container.

Auf dem Boden saß Ben.

Sie sahen sich an. Ben im Container von Johann Zeit. Das war schon eine echte Bombe, aber ohne Zünder.

Bist du …, setzte Jakob an.

Nein. Ich bin nicht Johann Zeit. Ben stand auf, ging auf Jakob zu und umarmte ihn. Jakob ließ es geschehen, ohne mitzumachen. Er sah einen dunkelblauen Fleck an Bens Kinn.

Ben stellte sich in die Tür und zündete sich eine Zigarette an. Seit zwei Stunden hocke ich hier, in dem Ding ist gar keine Luft mehr.

Was soll das alles?, fragte Jakob.

Dorian hat mir einen Auftrag erteilt, ich …

Wieso haben neuerdings alle hier einen Auftrag?

Wer denn noch?, fragte Ben, sichtbar besorgt.

Ich habe Carlo gerade getroffen. Er meinte, dass er einen Auftrag ausgeführt hat.

Ach du Scheiße, sagte Ben.

Was?

Dorian hat mir gesagt, dass ich im Container die Stellung halten soll. Wenn die ganze Aktion durch ist, der erste öffentliche Auftritt von Johann Zeit, deine Bilder und das alles, dann sollte ich die Wasserhähne aufdrehen, nur so zu einem Viertel, damit der Pavillon Zeit langsam mit Wasser vollläuft. Dreckigem Wasser, damit es ein bisschen aussieht wie Öl. Dorian hat das alles präparieren lassen. Ist auch mit dem Sponsor abgesprochen, dieser Ölfirma. Ist eine Riesenummer … Natürlich sollten alle locker rauskommen. Skandal und so … Johann Zeit sollte Supersneaker tragen, die auch im Wasser trocken bleiben. Ein neues Spezialmaterial … das sollte der Auftakt sein zu einer Riesenkampagne. Das war Dorians große Idee … fuck, Mann. Ich hatte Carlo mitgenommen … ich dachte doch nicht, dass der was macht. Der hat schon so komisch geguckt, als ich ihm das alles erzählt habe …

Jakob schaute in die Augen seines besten Freundes. Er sah darin echten Schrecken.

Sie öffneten die Tür zum Gang. Die Sicherheitsleute guckten irritiert, sagten aber nichts. Ben und Jakob liefen durch das Türchen in den Pavillon Zeit. Dort feierten die Demonstranten ausgelassen.

Jakob schaute nach unten. Er stand in einer schwarzen Flüssigkeit. Er ging in die Hocke, fuhr mit den Fingern durch die Flüssigkeit und führte sie an seine Lippen. Sie schmeckte nach schmutzigem Wasser.

Jakob schaute wieder auf und sah, dass die Assistentinnen begonnen hatten, die Planen von seinen Bildern zu entfernen. Doch das beachtete niemand, alle blickten zu Boden, wo die schwarze Flüssigkeit sich langsam ausbreitete.

Hinter dem Podest wurde eine Leinwand von zwei Assistentinnen entrollt. Darauf das Logo des Ölkonzerns, dem der Boden gehörte, auf dem sie alle standen. In Großbuchstaben war zu lesen:

UNSER ÖL FÜR SIE. LIGHT IT UP!
DIE FIRMA DANKT.
Gez.: JOHANN ZEIT

Die Demonstranten ließen ihre Zelte im Schwarzwasser stehen und rannten zum Ausgang. Der Skelettmann schrie seine Mitstreiter an, nicht zu weichen.

Jakob hörte eine Frau neben sich panisch murmeln: Öl, das ist Öl.

Andere beruhigten einander und flüchteten dann doch.

Plötzlich zuckte an der Leinwand ein Feuer auf, Jakob sah nicht, wer es entzündet hatte. Ein Teil der Leinwand fackelte ab und fiel ins Schwarzwasser. Das Feuer war sofort aus. Nichts passierte. Noch nie hatte Jakob so viele aufgerissene Augen auf einmal gesehen. Nun brach eine Massenpanik aus.

Menschen stürmten in Richtung Chapiteau, Jakob wurde umgerannt, rappelte sich auf. Er meinte Lissy und Ben gemeinsam flüchten zu sehen. Er stolperte, fiel ins Wasser, stand wieder auf und sah eine seiner Arbeiten vor sich. Jakob riss am roten Siegel unter dem Bild, es wollte sich nicht lösen. Er zog einen Stiefel aus und schlug auf das rote Wachs mit der Aufschrift *J. Z.* ein. Das Siegel fiel zu Boden, dahinter stand, noch mit kleinen Wachsstücken bedeckt: Johann Zeit.

Jakob glaubte an eine optische Täuschung und konnte seinen Blick nicht lösen. Aber so lange er auch hinschaute, dort stand: Johann Zeit. Nicht Jakob Ziegler, sondern: Johann Zeit.

Dieser verdammte Bastard Dorian.

Das Schwarzwasser kletterte auf Kniehöhe. Es war schmerzhaft kalt. Der Pavillon war fast leer. Ein Sicherheitsmann packte Jakob am Arm. Er schrie: Alle raus hier!

Jakob wurde aus dem Pavillon Zeit ins Chapiteau gezerrt und von dort zusammen mit der Menschenmasse ins Freie geschwemmt. Dann stand er da. Alleine.

Es gab kein Zurück in die Zeltstadt.

29. Zeilen

Jakob erwachte. Sonnenstrahlen wanden sich zwischen den Samtvorhängen ins Strandhaus. Er musste lange geschlafen haben und so fest, dass der Tag ohne ihn begonnen hatte.

Jakob stand auf und ging in Bens Zimmer. Neben Bens Bett stand eine leere Flasche Dimple. Sie hielt wohl die Stellung, denn das Bett war leer.

Jakob setzte sich auf einen Stuhl. Wenn ein bekackter Morgen sich dadurch auszeichnet, seinem Opfer zu vermitteln, er würde von nun an in regelmäßigen Abständen wiederkommen; will sagen: gar nicht mehr gehen – dann war das keiner. Es hatte nur eine Eröffnung der *Utopian Art* gegeben und deshalb nur einen Morgen danach. Das war eindeutig gut so.

Jakob zog sich an.

Carlo lag im Wohnzimmer auf dem Sofa. Er hatte noch die Lederjacke von gestern Nacht an und schlief. Jakob setzte sich neben ihn, holte Carlos Notizbuch aus seiner Hosentasche und schlug die Seite auf, die mit DAS GEDICHT überschrieben war.

Er betrachtete die vielen Zeilen darunter. Sie enthielten keinen lesbaren Text, auch keine Buchstaben, sondern nur wirre Linien, Punkte und Kringel, die Buchstaben imitierten.

Jakob stieß seinen Freund an.

Er beobachtete, wie Carlo langsam zu sich kam, als würde sein Geist von einem fernen Planeten angeflogen kommen.

Als Carlo da war, wieder da und endlich da, richtete er sich auf und strich sich über seine unrasierten Wangen.

Sie saßen nebeneinander und blickten auf die wortlos vollgeschrieben Seiten.

Dann nickte Carlo. Er nickte und lächelte. Er wirkte um Jahre jünger.

Auf seinem Weg nach draußen begegnete Jakob Ben. Er kam die Treppe raufgestolpert, glücklicherweise nicht alleine. Ben war bei einer Frau untergehakt, die Jakob noch nie gesehen hatte. Bens linke Hand lag auf einer ihrer ziemlich beeindruckenden Brüste. Sie trug eine knappe Lederjacke, die ihre schlanke Figur betonte. Nur die Fältchen um die müden Augen verrieten, dass sie Bens Mutter hätte sein können.

Jakob fragte: Darf ich mal?

Die Frau schaute etwas irritiert, aber sie übergab ihm Ben.

Das ist nett, Schätzchen, der ist ziemlich schwer, sagte sie.

Jakob umarmte Ben. Dann griff er in Bens Jackentasche und nahm seinen klobigen Autoschlüssel an sich. Die Frau guckte jetzt so richtig irritiert. Jakob lud ihr Ben wieder auf.

Diese Beute werden Sie schon selbst schleppen müssen, sagte er und lief die Treppe nach unten ins Freie.

Draußen war es still und heiß. Wie ein Tag in der Prärie, wie ein Sommermorgen in seinem Atelier. Jakob atmete durch. Frei.

30. Guter Wille

Wenn ich das lese, bleiben mir drei Optionen: Banküberfall, Berghütte oder ans Ende der Welt.

Jakob las den Brief auf einer Autobahnraststätte. Im Tankstellenshop kaufte er einen mit einem Regenbogen verzierten Malblock für Kinder und ein paar Buntstifte. Er würde sich später wieder professionelles Equipment besorgen, aber für den Moment war das gut so.

Er war mit Bens Transporter unterwegs, immer nach Norden, zur Küste. Es fiel ihm nicht schwer, seinen Kopf auszuschalten. Einfach fahren. Sonst nichts.

Am frühen Abend sah Jakob das Meer. Er ließ seinen Arm aus dem Fenster baumeln, rauchte und dachte über die Optionen nach.

Die *Utopian Art* war sein Banküberfall gewesen, sein Versuch, mit einem lauten Knall den Jackpot zu holen.

Eine Berghütte kam nicht infrage. Jakob hatte schon zu viel Zeit in einer verbracht, ohne dafür die

Stadt verlassen zu haben. Die tatenlosen Nächte in seinem Atelier konnten es mit jeder Berghütte aufnehmen.

Also dann.

Jakob bog um eine Kurve und um noch eine und erblickte einen Teppich aus gelbem und rotem Licht. Unendlich lange Formationen von Schiffscontainern zogen sich fast bis ins Wasser. Die einfallende Sonne und die Nachtbeleuchtung des Hafens bildeten eine schimmernde Lichterkaskade. Möwen flatterten von in den Himmel ragenden Kränen.

Jakob hätte dieses Bild gerne gemalt, doch gemalter, als es vor ihm lag, ging es nicht.

Er parkte den Transporter am Außenzaun des Hafengeländes. Er sah Menschen. Er ging hin.

Sie lachten ihn aus, die Hafenarbeiter und Matrosen oder wer sie sonst so waren. Zuerst schmunzelten sie nur, weil Jakob *Hand gegen Koje* auf einem Frachtschiff mitfahren wollte.

Sie lachten laut, als er auf die Frage nach seinem Reiseziel antwortete: egal.

So richtig lustig wurde es aber, als sie Jakob fragten, wo bei so einem Schiff Backbord sei, worauf er irgendwo zum Bug zeigte. Dabei zitterte sein Arm mit dem Wind.

Sie erklärten ihm, dass einige Reedereien Passagiere *für Geld gegen Koje* auf Frachtschiffen mitnehmen würden, und hörten dann gar nicht mehr auf zu lachen, als er fünfzig Euro aus seinem Geldbeutel holte. Ein dicker Brummifahrer schlug gar auf seine Oberschenkel und verschüttete seinen Kaffee, als Jakob fragte, ob sie nicht ein Auge zudrücken könnten. Sie lachten aus so vielen Kehlen, dass sie die Abendstille verscheuchten und die Möwen gleich mit.

Nachdem alle ausgelacht hatten, nahm einer von ihnen Jakob zur Seite, deutete auf Bens Transporter und sagte, dass sich da mit etwas gutem Willen bestimmt was machen ließe.

Kurze Zeit später bestieg Jakob über eine wackelige Leiter die *MS Paracelsus*. Diese Leiter nannte sich Stelling, wie er nun wusste. Auch die Sache mit Back- und Steuerbord hatte ihm der Mann des guten Willens erklärt. Jakob hatte seinen Malblock und die Stifte dabei. Sonst nichts.

Er hatte die Reiseroute nicht wissen wollen, doch musste er irgendwelche Papiere unterschreiben, auf denen die Passage verzeichnet war. Es ging nach Valparaiso an der chilenischen Pazifikküste. Jakob kannte diese Stadt nicht. Ihr Name klang schön.